Plus immortelle que moi

Du même auteur

Drôle de Karma, City, 2014
Vous prendrez bien un dessert, Daphnis et Chloé, 2015
Tout est sous contrôle, Charleston, 2016
Qui veut la peau d'Anna C., City, 2017
Sur les balcons du ciel, éditions du Rocher, 2020

Scénariste de roman graphique :
Et puis Colette, Delcourt, 2018

Sophie Henrionnet

Plus immortelle que moi

éditions du
ROCHER

Éditions du Rocher
28, rue Comte Félix Gastaldi – BP 521 – 98015 Monaco

www.editionsdurocher.fr

ISBN : 978-2-268-10545-1
EAN Epub : 9782268105659

À mes sœurs,
et mes sœurs d'adoption

« Je voulais parler de la mort,
mais la vie a fait irruption, comme d'habitude. »
Virginia Woolf, *Journal*

« Si l'âme n'était pas immortelle,
la mort serait un guet-apens. »
Victor Hugo

Les Airelles, 1er octobre

Ne tergiversons pas, c'est entendu. Je vais jouer le jeu, retirer le pansement d'un coup sec. Quatre mois que nous nous voyons en tête-à-tête, et cela sans le moindre résultat. Quatre mois que je tourne en rond. Non, même pas. Je tangue, je grimpe, je roule d'un côté puis de l'autre, je fais marche arrière. Mais rien ne vient. Qu'est-ce qui cloche, Dorine ? Je n'ai pas l'embryon d'une idée. Peut-être votre regard posé sur moi ? Quoi qu'il en soit, j'en conviens, je suis bloquée. Quatre mois que les séances ne donnent rien du tout. Tout est si flou, brumeux et confus... Quatre longs mois et je ne suis toujours pas fichue de remettre de l'ordre dans mes souvenirs, je n'y peux rien, il m'est impossible de vous raconter quoi que ce soit et dans le bon ordre. Vous avez donc sans doute raison : il est temps d'essayer autre chose. Je suis disposée à tenter l'expérience même si, à dire vrai, vous ne m'en laissez guère le choix. Cependant je reste mitigée, pas persuadée que l'exercice vous permette de mieux me cerner, chère Dorine, que tout cela solutionne ce que vous appelez poliment « mon blocage ». Mais allons-y, je n'ai plus grand-chose à perdre. Et puis, ce pensum sera l'occasion d'utiliser les Moleskine que j'achète de façon compulsive depuis toujours. Curieux, je le sais bien. Si vous me demandez pourquoi cette collection, je vous répondrai que je n'ai pas l'ombre d'un élément de réponse. Je ne dessine pas plus que je n'écris, et question recettes de cuisine à compiler on nage carrément dans le négatif. Je fantasme peut-être en l'objet sa capacité de secrets à enfouir. À défaut de possibles à rêver…

C'est donc parti, je me lance. Laisser filer les pensées, avez-vous conseillé. Je vous promets de les laisser voguer, Dorine, en revanche ne me demandez pas d'ordonner le tout. Sans rire, vous vous débrouillerez pour ce qui est du ménage. Je ne vous ferai pas l'affront de rappeler que de nous deux je ne suis pas celle qui touche un salaire.

Le sujet ce sera moi, Mathilde, spécimen féminin tout ce qu'il y a de plus ordinaire, et pourtant placée ici depuis un moment. Quelle dégringolade, n'est-ce pas ? L'ironie de la situation me fait sourire, ce qui est toujours bon à prendre. Vous tiquerez, je le sais, sur le « placée » que je me suis fait un plaisir de glisser plus haut. Je ne suis ni en prison ni à l'asile, bla-bla-bla, quoi qu'il en soit – arrêtez-moi si je m'égare – je suis à peu près certaine que si je traîne ma valise à roulettes jusqu'à la sortie, ça coincera sévèrement aux environs de la grille. Je vous vois déjà retenir un soupir, c'est que moi aussi je commence à vous cerner, docteur. Ou Dorine, puisque vous ne voyez pas d'inconvénient à ce que je vous appelle Dorine durant nos séances. Je comprends, cela dit, le principe de l'exercice, tout du moins dans les grandes lignes. Utiliser l'écrit pour ordonner le foutoir insensé qu'est devenue ma vie. À ma décharge, il s'est tracé, sur l'encéphalogramme de mon existence, plus de choses ces dernières semaines que depuis mon tout premier cri sur terre. Mon état mental actuel est, sans l'ombre d'un doute, la conséquence de cette suractivité soudaine. Je saisis l'idée principale du projet – trouver un semblant d'apaisement et de cohérence – mais qu'on me claquemure ici me dépasse et me semble tout à la fois exagéré.

Le cadre, on l'aura compris, sera globalement cet institut, place forte pour esprits affaiblis dans laquelle je tourne comme une lionne en cage. Un tantinet neurasthénique, la lionne, avec ce qu'elle gobe comme calmants. Donc ici, mais pas que, dirait Ruben. Et puisque je suis censée dérouler les derniers mois, nous nous baladerons un peu. Nous irons voir du pays. Je me dois de vous prévenir, Dorine, ce ne sera pas de tout repos. Pas du tourisme de masse. Amateurs de sensations fortes bienvenus, âmes sensibles s'abstenir.

Le propos… Ah le propos, c'est autre chose. Difficile d'en faire le tour et même d'en discerner les contours. Il sera question de voyage donc, de fuite si vous y tenez. De relations, de désillusions – mais l'un va-t-il jamais sans l'autre ? – et de psy, ce qui devrait vous ravir. M'est avis que vous n'aurez rien contre une petite mise en abyme, Dorine.

Puisque je dois me lancer, puisque vous cherchez le déclencheur, le domino initiateur de cette cascade qui semble ne jamais vouloir finir, je vais d'abord évoquer mon anniversaire. Je suis du 4 mai, pile entre les ponts. Tout le monde est en vacances. De vous à moi, j'ai toujours éprouvé une sensation de rendez-vous raté avec le monde. Je suis née un mois trop tôt, mon père était absent. Une régate. Là vous n'avez pas le ton, mais dans ma tête je prends un accent foutrement snob. Vous ferez ce que vous voudrez de ces informations, je vous les livre en vrac. J'y reviendrai sans doute puisqu'il paraît qu'on ne se débarrasse pas si facilement de la matrice, enfin peu importe, le 4 mai qui nous préoccupe est celui de l'année en cours. Mes quarante ans. C'est cliché, je sais… Si j'étais encore en capacité de le faire, je pleurerais. Je vous arrête tout de suite, la perspective d'avoir quarante ans ne me traumatisait pas plus que ça. Disons que c'est pile le jour que l'homme à la mèche a choisi pour venir à la pharmacie, ensuite tout s'est enchaîné.

Je vais m'efforcer d'être précise, je sais que vous y tenez – à ce propos, si vous me permettez la réflexion, je vous trouve un peu tatillonne – la tension a grimpé *crescendo* à compter d'avril. J'ai pris conscience de manière assez soudaine de la bascule que cette échéance représentait. Bien sûr je n'ai rien dit de cette peur. Pas un mot à mes amies, et encore moins – je sais, ce n'est pas possible, c'est façon de parler, mais vous m'avez interdit d'effacer – à Simon, mon mari, ou encore à mon fils Ruben. Ni l'un ni l'autre n'auraient compris cette angoisse qui, chaque jour un peu plus démesurément, enflait dans ma poitrine. L'éponge jusque-là comprimée dans ma cage thoracique s'est mise à gonfler, alimentée par je ne sais quelle substance sulfureuse. Simon aurait pris ce stress pour du nombrilisme, quant à Ruben… Comment vous exprimer cela sans l'accabler injustement ? Pour Ruben je suis depuis longtemps déjà un fossile ! Je ris jaune, curieuse de voir comment mon ado gérera son début de calvitie dans une vingtaine d'années. Sujet que mon mari évite par ailleurs avec le plus grand soin. Pensez-vous ! Monsieur prétend qu'il ne se dégarnit pas, non, c'est son cheveu qui s'appauvrit ! Comment alors expliquer la surface qui s'agrandit ? Son front pousse, j'imagine. Mais je ne vais pas commencer à charger Simon. Laissons les cheveux qui lui restent végéter en paix.

J'en reviens au 4 mai. Je ne pense pas m'avancer des masses en certifiant que Simon n'en garde pas un excellent souvenir non plus… Mon pauvre mari était loin d'imaginer qu'il comptabiliserait au compteur cinq points de suture et une jambe cassée à la fin de cette journée. Il faut que je me montre honnête, c'est bien ça ? Eh bien je suis troublée de constater à quel point je revois précisément la scène. Son regard effrayé, le voile d'incrédulité qui a transité dans ses yeux les secondes précédant la chute. Il est aberrant d'admettre que ces souvenirs perdurent si nettement dans mon cortex alors que je peine à me rappeler tant de choses. Comme si je revivais ces instants, Dorine, je visualise parfaitement la position de son corps au bas de l'escalier. Avec une extrême et effrayante précision, l'angle étrange que décrivait sa jambe et la pâleur subite de son visage.

Ah Dorine… Même en redoublant d'efforts, même en prenant sur moi – et croyez bien que j'en suis la première désolée –, j'ai du mal à dire si tout cela me fait chaud ou froid. La sécheresse qui régit désormais mon cœur me terrorise.

Les Airelles, 2 octobre

Vous et moi avons fait connaissance à un moment particulier de ma vie. Je pense que vous n'imaginez pas la consistance qu'avait mon existence en des saisons, disons, plus ordinaires. La couleur ? Entre le marron terne et un beige sans saveur. Quel temps employer désormais... Je ne sais pas si cette vie-là, cette vie d'avant, devrais-je dire, pourra un jour reprendre son cours. Si ce qui a été redeviendra. Et surtout, regardons les choses en face, si même cette éventualité est souhaitable... J'ai la sensation d'ouvrir le carton rangé dans le placard du fond, nous avons tous le nôtre. Mais si, vous savez bien, celui où sont consignées en vrac les preuves qu'il y a bien eu un passé. Ici, plié en deux, vous trouverez mon diplôme de doctorat, voyez comme il a jauni. Les photos de famille, la nôtre, la mienne. L'inscription en faculté de pharmacie parce que nous connaissions quelques praticiens, qu'il fallait se résoudre à emprunter une voie et que cette profession collait à la vision que j'avais envie d'avoir de la réalité. Je suis née en teintes pastel, Dorine, et je ne sais pas si une ère débutera où je me persuaderai que les couleurs vives peuvent m'aller au teint.

Je contemple les platanes par la fenêtre. Chaque jour ce roux qui s'intensifie, les marrons qui s'accentuent. La chlorophylle qui passe, les tissus qui se racornissent, se dessèchent avant que les feuilles n'entament leurs séances de haute voltige. Je n'avais plus contemplé l'automne depuis longtemps. Depuis l'enfance, sans doute. Ce repos auquel je ne peux échapper me force à constater mon extraction au monde réel. Je n'aimais plus l'automne, pour être exacte. Je m'en méfiais. Cette saison me confronte au fait que je fâne, moi aussi. Je ne suis rien de plus qu'une feuille de platane. Quoi qu'il en soit, je regarde ces beautés déchues dégringoler aujourd'hui, bien heureuse de ne pas avoir foutu les pieds à l'officine ces derniers mois. Rigueur, froideur, organisation sans faille. Y penser me met physiquement mal à l'aise. Dire que tout ce qui paraissait avoir du sens, ce qui étirait, dressait ma colonne vertébrale, me semble aujourd'hui insupportable. Ce constat est proprement tragi-comique. Je ne nie pas ma part de responsabilité, entendons-nous bien, ces journées répétées, les protocoles, l'austérité même dans laquelle je me vautrais, cette mascarade, m'a convenu toutes ces années. Ces minuscules faits, tous aussi décevants les uns que les autres, tricotaient une perspective rassurante. Mathilde, première arrivée à l'officine, celle sur qui compter pour lever le rideau de fer dans les temps. Brave Mathilde. La seule qui se gare docilement sur les places dédiées au personnel, celle qui lance les sauvegardes avant de partir. Qui poussait le vice jusqu'à emporter chez elle les disques durs (on est jamais trop prudent par les temps qui courent, Dorine, l'officine est implantée dans une ZAC). Si encore j'avais été la propriétaire des lieux, mais non ! Pharmacienne assistante, ni plus ni moins. Le plus risible, dans tout cela, est que Bourgin, le propriétaire, n'a jamais rien eu à demander ! Un asservissement de plein gré, si c'est pas beau… Une soif inextinguible de reconnaissance. Forcément. Si évident, ça ne vous aura pas échappé. Et puis, ce 4 mai, je dois reconnaître que je me suis efforcée d'ouvrir les yeux. J'ai subitement admis que tous les cons qui me servaient de collègues prenaient mon zèle pour un dû. Allez savoir pourquoi, une focale différente, un éclairage nouveau. Une fulgurance ? Je suis à peu près sûre que c'est l'homme à la mèche qui a semé la graine. Le 4 mai elle a joyeusement germé, et voilà qu'aujourd'hui je regarde les fruits de cette étrange saison pourrir sur le sol, tout comme ces foutues feuilles de marronniers et de platanes qui, en s'entassant, entraîneront deux ou trois fractures du col du fémur si la pluie ne se décide à cesser. L'automne, je vous dis. Ni plus ni moins.

J'étais avec le vieux dégueu quand l'homme à la mèche est entré dans la pharmacie. J'ai littéralement senti sa présence. Son regard s'est posé un peu partout dans la pièce, avant de filer sur mon visage, mes cheveux, mes vêtements et les parties de mon corps à découvert.

Ça a fait comme un rayon de soleil entre deux nuages, un coup de chaud, j'étais redevenue adolescente. J'étais à ce moment précis aux prises avec celui que nous nommons le vieux dégueu. Le vieux dégueu se nomme en réalité Fernand Ziegler. Quatre-vingt-neuf ans, pas de famille et, mis à part le généraliste et la boulangère, plus aucun contact avec la vie réelle. Parce que je l'ai pris en pitié, j'ai mis de côté mon éternelle réserve. Parce qu'il m'a fait de la peine, il y a huit ans de cela, je suis devenue le jouet de ce vieux lubrique. Alors bien sûr, à la pharmacie, ça amuse tout le monde que Mathilde se fasse tripoter par le vieux dégueu. Tous les jours de 10 h 10 à 10 h 20, j'ai rendez-vous avec un supplice olfactif, six cents petites secondes de calvaire. Croyez-bien que j'ai tout essayé pour l'esquiver, mais Fernand Ziegler en a vu d'autres, et on dira ce qu'on voudra, il a une détermination à toute épreuve. Il déjoue mes stratagèmes les plus alambiqués et, si je ne suis pas disponible, il patiente. Pour faire simple, me peloter chaque jour ouvré est devenu son ultime raison de vivre, ne me laissant d'autre choix que d'encaisser en limitant les désagréments. Son approche se veut intelligente, croyez-bien qu'il s'arrange pour rester à la frontière du conventionnellement supportable. Par exemple, s'il effleure ma poitrine, c'est qu'il est sujet à des troubles de l'équilibre. Il connaît le planning de la pharmacie mieux que nous tous, se languit durant les vacances pour redoubler d'attentions salaces à mon retour. Bien entendu, le vieux dégueu prend soin d'acheter suffisamment de produits cosmétiques – savon sans savon dont il ne sert visiblement pas – pour que Bourgin ne prenne pas la peine de lui interdire les lieux. Si mes souvenirs sont bons, Dorine, le jour où l'homme à la mèche a percuté mes certitudes, la prostate de Ziegler était au menu. J'ai tenu bon, suis restée d'un professionnalisme exemplaire. Il faut dire que j'ai développé un de ces sang-froid, depuis le temps ! Je pourrais donner des cours de *poker face* sans le moindre problème. Je répétais : « Non, non, non ! Pas dans mes attributions, bien sûr que non ! Pas de touchers rectaux, monsieur Ziegler, c'est hors de question ! » Je vous passe l'hilarité des collègues... Bref, je ne savais plus où me mettre. Et le vieux dégueu qui tentait sa chance encore et encore, à grand renfort d'analyses médicales tout justes reçues qu'il me fourrait sous le nez. J'en étais à peu près là de mon chemin de croix quand j'ai heurté le regard de l'homme à la mèche. Mes persiennes se sont ouvertes alors que je les pensais hors d'usage, et un printemps dont j'ignorais l'existence s'est infiltré dans mes strates les plus profondes.

Les Airelles, 3 octobre

J'ai perdu le fil. Difficile de rester concentrée, je vous assure. Alors que jusque-là j'occupais seule ma chambre, voilà qu'on me colle, momentanément m'a-t-on assuré, une colocataire. Comme si j'avais encore l'âge de jouer à ça. Déjà que je n'ai rien fait de tel au cours de mes années étudiantes. Bref, entre les médicaments qui m'assomment et la présence de Véronique – nom de l'intruse, vous l'aurez compris –, rassembler mes pensées pour vous n'est pas chose facile.

Je sais comment fonctionnent ces établissements et ce que ça coûte, alors autant vous dire sincèrement que ça me gonfle de savoir que ma complémentaire casque autant pour que je partage ma cellule avec une autre. Allez Dorine, on se détend, j'ai écrit « cellule » pour vous faire réagir. J'ai vu les traits plus ou moins appuyés que vous laissez dans la marge, je me demande ce que vous déduisez de mes divagations. Bon, Véronique est d'un genre calme et j'imagine qu'elle n'est pas dangereuse, puisque ceux désignés instables sont traditionnellement regroupés dans l'aile nord. Ne prétendez pas le contraire, ce n'est pas parce que je suis ici que j'ai perdu tout sens commun. À ce propos, pour être calme, elle est calme notre Véronique, je ne sais pas ce qu'elle ingurgite, mais c'est du lourd. Moustache n'a rien voulu me dire et prend même un malin plaisir à ne rien lâcher de médical devant moi. J'imagine que ça doit être jouissif. Pensez, pour une infirmière visiblement aigrie, avoir le dessus sur une pharmacienne… Cette femme sent la frustration à plein nez, et c'est un rayon où je me pose en tête de gondole. Oui, je sais, « Moustache » c'est puéril et bas de plafond, toutefois je m'autorise cette coquetterie verbale bien volontiers.

Mon fils Ruben m'a rendu visite. Il paraissait atrocement gêné, ce que je n'ai aucun mal à comprendre. Son père l'a déposé mais, tenu par un engagement professionnel sans doute fictif, n'a pas pu rester, ce que je peux comprendre aussi et qui m'arrange pour l'instant, arrêtons deux secondes de jouer une hypocrite comédie. Je fais comme si cette situation « Maman chez les fous » était tout ce qu'il y a de plus normal. Je demande des nouvelles du lycée. Est-ce que le professeur de guitare s'est remis de son entorse au poignet ? Les entraînements de foot se passent-ils bien ? As-tu marqué au cours du dernier match ? Le pauvre chéri s'évertue à répondre du mieux qu'il peut. On dirait qu'il s'adresse à une assistante sociale ou encore qu'il se croit sur écoute. Du bout des lèvres il balance quelques phrases, des mots contreplaqués, des formules toutes faites. J'ai failli avoir un fou rire devant son air appliqué et c'est un miracle si je me suis contenue. Vous savez Dorine, par moments j'ai l'impression d'assister à tout ça. Je serais assistante-réalisatrice d'un reportage. Preneuse de son, peut-être ? Non, costumière ! Ensuite, ça me revient. C'est de nous, de moi qu'il s'agit. La vie de mon fils unique qui se casse la gueule. Mon tendre amour prend une sérieuse option à court ou moyen terme pour des séances avec des Dorine dans votre genre. La honte que je lui colle, tout ça. Comme il est poli – c'est toujours ça de pris, et ça fait un bien fou de réaliser que je n'ai pas tout foiré – il ne m'accable pas. Tout du moins pas encore. Il prend des nouvelles. Qu'est-ce que tu manges, Maman ? T'as maigri, un peu, mais t'as quand même bonne mine. Si tu as besoin d'habits, dis-le-moi. Vous réalisez la situation ? Mon fils de quinze ans me demande si j'ai assez de vêtements. On en est là, donc. C'est la fête. Après ça vous allez encore me soutenir que je ne suis pas en taule.

J'ai repoussé une fois de plus la visite de mes parents. Trop tôt. Pas encore. Du reste, c'est la première fois de ma vie que je suis en capacité de dire aux gens qui me saoulent qu'ils me saoulent, alors foutue pour foutue… Je les laisserai venir, c'est joué d'avance, je suis une bonne fille, enfin pas encore. Pas maintenant. Mon frère, c'est différent. Lara et Sidonie, c'est différent. J'aimerais les voir, mais étant donné les circonstances de mon arrivée, c'est si compliqué. Je leur en veux et j'ai honte, je crois. Bientôt. Oui, bientôt. On verra. Je suis tellement fatiguée.

Je vous avais parlé des feuilles de platane. Eh bien un tibia, un ! Tellement prévisible. C'est un type de l'aile nord, celui qui ne quitte jamais son chapeau. Il paraîtrait que, même lorsqu'il est tombé, il a vérifié que son chapeau restait en place. Avec un peu de chance, je serai sortie quand il reviendra. (Au cas où vous ne l'auriez pas compris ceci est, sans mauvais jeu de mots, un appel du pied).

Je n'ai pas terminé de vous dérouler ma journée d'anniversaire. J'avais pressenti que ce serait un cap épineux à passer. Je le savais et je me suis sabotée précautionneusement. J'imagine que j'ai éprouvé le besoin qu'il se passe quelque chose. Que l'homme à la mèche, dont je ne saurai sans doute jamais le nom, choisisse ce jour précis pour acheter une boîte de Maalox (ulcère ?) est probablement le fruit du hasard. Sinon un signe ? Je n'en sais rien.

C'est toujours moi qui m'occupe d'organiser les pots. De départ, de retraite, d'anniversaire. Les cagnottes pour les mariages, les couronnes pour les décès des parents proches, tout. Toujours. Je me plie en quatre pour que l'ambiance soit bonne et l'air respirable. Après tous ces événements je pourrais postuler au ministère de l'Écologie, tiens. Fin avril, j'ai commencé à avoir une vision périphérique de ma vie, à sentir que mon monde changeait, que mes bases se fissuraient. Je tenais fermement le tube à essai dans ma main et, après l'avoir longuement considéré, en apnée et sans plus réfléchir, j'y ai balancé le catalyseur, impatiente de voir quel précipité se formerait. Oui, Dorine, c'est dans cet élan que j'ai effacé mon anniversaire des bases de données, du calendrier de l'officine, de partout. Il fallait que je constate mon inexistence, il fallait que je souffre, que mes viscères intègrent l'information et, cependant, on ne se refait pas, je ne pouvais m'empêcher d'espérer que quelque chose confinant au miracle se produise. Le 4 mai s'est pointé, sans surprise, et le moins qu'on puisse dire c'est que mon expérience d'apprentie chimiste a fonctionné au-delà de mes espérances.

Je suis fatiguée. Je ne tiens plus le soir, les comprimés.

Les Airelles, 4 octobre

J'en suis pleinement consciente, vous devez avoir quantité de patients à fouetter – humour – mais je glisse ça ici car tout autant consciente que votre mémoire est bien meilleure que la mienne et, si toutefois j'oubliais, rappelez moi de revenir sur le sujet de l'intuition lors d'une de nos futures séances. Je n'ai pas l'ombre d'un exemple à avancer, mais plus j'avance en âge et plus je suis intimement persuadée que certains moments, certaines rencontres ont une incidence profonde sur notre trajectoire ou sur ce que certains nommeraient « destinée ». Je pense bien entendu à Daphné en écrivant cela.

Lorsque Daphné a passé le pas de ma porte, un matin, aux alentours de la fin mai, j'ai d'instinct su que ma vie allait être bouleversée. Je veux dire par là que j'ai alors physiquement perçu des signaux d'alerte. Des frissons, le souffle un peu plus court, il me semble, et puis une sorte d'hébètement, comme lorsqu'on retient un peu trop longtemps sa respiration. Il en a été de même lorsque mon frère est né. Je sais bien que cela paraît peu probable puisque nous n'avons qu'un an d'écart, mais il me semble que ma chair se souvient de notre rencontre, d'avoir été tout à la fois émerveillée et effrayée par cette nouvelle vie qui venait se superposer à la mienne. Ensuite, et pour le reste de notre vie, je crois sincèrement que les secondes correspondant à ces parenthèses volées au réel s'ancrent au plus profond de la matière qui nous compose. Il est alors possible de se remémorer les sensations avec précision par la suite. Dorine, tout comme tout un chacun se souvient très exactement de l'activité qui l'occupait au moment de la chute des Twin Towers, je me souviens de l'apparition de Daphné et de la naissance de Charly.

J'ai rêvé de mon frère cette nuit. Véronique a encore pleuré toute la nuit, ce qui a fait que mes divagations nocturnes s'en sont trouvées interrompues. J'ai déjà parlé à Moustache des lamentations de Véronique, mais autant vous dire qu'elle s'en tape. Je sais que vous n'êtes pas responsable du cas de ma colocataire, cependant si vous pouviez remonter l'information à son médecin référent, ce serait formidable. Véronique se tient en journée plus tranquille qu'une poupée gonflable, mais la nuit je peux vous assurer que ce n'est pas de la même musique qu'il s'agit. Toujours est-il que ses pleurs m'ont réveillée. Avantage de l'opération : je me suis souvenue de mes pensées. Je n'ai d'ordinaire pas beaucoup de chance avec mes rêves, certains volent dans les airs, Lara, par exemple, baise en songe régulièrement avec des acteurs hollywoodiens ou son charmant voisin, pour ma part je revisite le passé. Cela dit, je crois qu'il serait plus juste de dire que c'est mon passé qui s'amuse à me visiter. Quoi qu'il en soit, cette nuit, il s'agissait de l'un des épisodes où j'ai voulu tuer Charly. Enfin, comme une enfant peut ressentir l'envie de tuer son frère. Je vous décris tout ça tel que je l'ai ressenti : fondu au noir, il fait beau. L'action se déroule en juillet. Nous passons tous les quatre une quinzaine de jours en Dordogne, chez Mina et Papy, les parents de ma mère. Charly est torse nu, il est fin, on devine chacun de ses muscles noueux, la vie crépite sous sa peau bronzée, ça me fascine. J'ai beau manger moins que lui et bouger tout autant si ce n'est plus, mes abdominaux ne sont pas saillants comme le sont les siens, de vraies tablettes. Pas même visibles, les miens. On me le fait souvent remarquer. On a huit et neuf ans. Charly est presque aussi grand que moi malgré les douze mois qui nous séparent. Je suis l'aînée, je dirige les jeux, en tout cas, longtemps Charly me laisse l'impression de diriger. Comme justement ce jour-là, ce jour où j'ai voulu sa mort. La première fois que j'ai voulu sa mort. Il enchaîne les saltos, il est d'une agilité déconcertante. Notre mère le surnomme souvent mon petit singe doré. Il est blond comme les blés et l'été ses cheveux semblent irradier, c'est presque insensé. C'est Charly. Il fascine les enfants, il fascine les adultes. Charly n'est pas solaire, il est le soleil. Je me trouve avec lui, en contrebas de la maison des grands-parents, les adultes n'en finissent plus de terminer le repas, ma mère a fait une tarte aux groseilles pour le dessert, le chien de Mina nous suit partout. Le vieux cabot fait mine de nous courser, s'arrête, repart, Charly hurle de rire, nous sommes en nage. Nous lui jetons des bouts de bois, qu'il attrape et ramène, tout joyeux, avant de finalement résister, branche à la gueule et de détaler. J'avise une pierre, je ne sais pas pourquoi mais j'ai envie de faire mal à ce chien un peu idiot. Ça vient d'un coup, monte dans mon ventre. C'est, je pense, la première fois que la violence tapie en moi se montre si manifestement. Charly me dévisage, examine mes mains, fait non de la tête. Il a compris, il comprend tout, tout le temps. Il est parfait, si parfait, Dorine, alors que tout est si compliqué pour moi. Je laisse tomber la pierre, je constate que son torse imberbe reprend vie, mû à nouveau par quelques mouvements respiratoires. Charly a eu peur, peur pour le chien, peur de moi, qui sait… Et c'est bon, satisfaisant comme sensation. Je me sens honteuse et puissante à la fois. Je coupe court, dilue les effluves du malaise dans la chaleur de cette journée d'été et file en direction de la terrasse inférieure. La maison de mes grands-parents a été vendue il y a quelques années. C'était un grand domaine avec un vaste terrain étagé. Le champ s'en allait mourir côté sud par un surplomb, la vue, Dorine. Cette vue… Je ne saurais dire si mes yeux d'enfant distordaient la réalité, mais c'est l'une des plus jolies vues qu'il m'ait été donné de voir. Dominant la Dordogne à la pointe d'un éperon rocheux, un panorama inoubliable sur la vallée et, sur l'autre rive, les châteaux de Castelnaud, Beynac-et-Cazenac ainsi que La Roque-Gageac. Je grimpe sur le rebord interdit, c'est vertigineux. D'ordinaire Charly se hisse le premier et je le sermonne pour la forme avant de le suivre. Pas cette fois. Cette fois, la colère, l'envie de faire mal au bâtard de Mina dirige mes pas, guide mes mains dans les interstices, les joints des pierres. Le soleil nous écrase. Je sens le regard inquiet de Charly sur ma nuque et une force nouvelle et jusque-là insoupçonnée continue de gonfler en moi. Oui, pour une fois je le domine. Ce petit frère si fort, si parfait, que je ne peux même pas me payer le luxe de détester puisqu'il m'adule, moi, l'aînée. Le vent fouette nos cheveux, tourbillonne, fait danser les masses d'air chaud. On dit que dans l'ancien Code pénal toulousain, les crimes commis en période d'Autan étaient amnistiés ou bénéficiaient de circonstances atténuantes. Je n'accuserai pas le vent qui nous tourmentait ce jour-là, mais dans mes souvenirs il est omniprésent, et cette nuit j'ai presque eu la sensation de le sentir soulever mes draps. Charly m'observe. Une seconde il paraît craintif et je me demande si c'est bien de mon frère qu'il s'agit, et puis Charly redevient Charly, taillé pour dominer les mondes, fendre en deux les montagnes. Moulé dans l'évidence des géants. Le chien aboie, nous faisant tressaillir tous deux. Je pousse Charly. Un coup sec, facile. Si facile. Il roule, ne s'arrête de rouler que pour percuter un frêne qui s'est mis en tête, quarante ans plus tôt, d'accrocher ses racines à cette aridité qu'est la terre en cet endroit. J'entends hurler derrière moi, tout n'est plus que flashs, tournoiements, bruits sourds et pleurs. Mon grand-père et mon père, enjambant le parapet. La gifle de ma mère qui s'abat sur ma joue, geste autant de détresse que d'impuissance et qui, en ramenant le sang à mon visage, me donne la preuve que je suis, sans plus aucun doute, actrice de cette affreuse scène. Je m'allonge sur l'herbe, ou bien je tombe ? Je ne sais pas, je regarde le ciel. Le bleu est si intense qu'il n'a plus rien d'azur, il n'appartient à aucune teinte du Pantone. Le blanc des rares nuages est pareil à celui de ma palette de gouache neuve, immaculée et dense. J'ai l'envie soudaine de peindre. Ma mère brait, on dirait cette laie qui pleure ses petits dévorés par je ne sais quel prédateur dans le documentaire animalier que nous avons regardé le matin même. Quelques minutes plus tard, Charly est assis contre le grand saule, celui duquel la balançoire récemment cassée pendouille. Des égratignures, mon père lui fait bouger bras et jambes. Il est entier, il est vivant, mon père rit de soulagement, ma mère me regifle de soulagement. La vie reprend son cours. J'ai peur, elle sait. Elle dit tu es l'aînée, tu sais qu'il ne faut pas monter sur ce mur, elle dit on ne peut pas te faire confiance. Elle ne sait pas. Je ne sais pas si je dois me sentir soulagée. Je ne sais pas s'il aurait mieux valu qu'ils apprennent enfin qui je peux devenir. Je croise les yeux délavés de Charly, ils intiment les miens au silence. Jamais nous n'en reparlerons, ni les uns ni les autres.

Papy fera installer grillage et portillon dans cette partie-ci de la propriété. Charly le magnifique. Le phénix. Qui même de l'épreuve ressort plus fort. Sans chercher à tirer une quelconque gloire de l'accident, mon frère se voit auréolé de bravoure et de résistance. Peut-être sa passion pour l'escalade a-t-elle germé ce jour-là ? J'ai rêvé de mon Charly cette nuit, Dorine. Je me demande en écrivant ces lignes si ce sont les pleurs de Véronique ou les miens qui ont mis fin au cauchemar.

Les Airelles, 5 octobre

J'ai observé les racines de mes cheveux durant de longues minutes ce matin. Vous savez que je ne suis pas blonde, n'est-ce pas ? Vous êtes vous-même très féminine, Dorine. Je ne doute pas que vous ayez beaucoup de succès. Auprès des hommes et des femmes, je sens quelque chose d'assez ambivalent chez vous. Quoi qu'il en soit, j'ai examiné mes cheveux ce matin. En temps normal je fais des retouches chaque mois, quelle étonnante sensation que de me réapproprier ma couleur naturelle. J'ai l'impression de retrouver un ami d'enfance. J'avais oublié ma vraie nature. Un châtain tout ce qu'il y a de plus banal, ne nous emballons pas. Pourquoi blonde ? Ma mère a toujours été blonde, mais ce serait trop facile. Disons que l'on fait un certain nombre de choses par habitude une fois la majorité passée et les illusions perdues. Contraindre mes cheveux chaque mois est l'exemple parfait de cette logique parfaitement illogique.

J'ai lu votre compte rendu. J'en profite pour vous remercier pour la transparence dont vous faites preuve, car rien ne vous y oblige. Vous me reprochez de ne pas aller au fond des choses, de vous mener un peu partout et nulle part à la fois. Dites donc, dois-je vous rappeler que cette idée de l'écrit pour compléter nos rendez-vous n'est pas la mienne ? Trêve de plaisanteries, je dois dire que ça me terrifie de constater que des morceaux entiers de mon passé ont disparu. Lors de nos séances, je ne parviens à rien de bon, tout juste à rester en surface. Je fais ce que je peux, vous savez ? Je prends chaque jour un peu plus goût à ces introspections, je crois que je les vois comme des moments réconfortants. Mais je ne gère pas le flot de mes pensées, aucun des flux, encore moins les courants. Là, par exemple, il me vient à l'esprit qu'on me vole des sous-vêtements. Deux culottes. J'ai demandé à Véronique si elle avait remarqué quelque chose de suspect ou si elle-même était victime de quoi que ce soit. Rien. Pas un mot. Elle n'est pas coupable, je vous arrête de suite, j'ai retourné notre chambre de fond en comble. Véronique a quelques cadavres dans le placard, mais rien qui me regarde puisque ça ne touche mes culottes ni de près ni de loin. Moustache m'a décidément dans le collimateur, elle a levé les yeux au ciel quand j'ai abordé la disparition de mes affaires, avec son air « qu'est-ce que va encore nous sortir celle-là ». Maintenant que j'y pense, il se pourrait tout à fait que cette enflure y soit pour quelque chose. Il faudra que je mène l'enquête. Peu importe, vous n'en avez rien à faire et je peux le comprendre. Vos slips dorment tranquillement dans le fond du tiroir dédié aux sous-vêtements. Sans doute y placez-vous un petit sachet de lavande.

Puisque vous semblez y tenir, revenons au jour de mon anniversaire. Je vous ai raconté Ziegler, tout ça. L'action se situe en fin de matinée, une fois débarrassée du vieux satyre je regagne le comptoir. Il y a pas mal de clients qui patientent çà et là dans l'officine, un peu d'attente. Des pics de chaleur sont annoncés pour les ponts à venir et ça se bouscule dans le secteur solaires / antimoustiques. Comme je vous l'ai raconté il y a quelques jours, j'ai pressenti que quelque chose dans l'air s'était modifié avant même de me trouver face l'homme à la mèche. Il a de beaux cheveux, l'homme à la mèche, épais pour son âge, ce qui n'est pas si fréquent. Quarante-cinq ans, je dirais. Il plante ses yeux dans les miens tout en dégageant son visage d'un mouvement de tête. Il me regarde. Il ne m'interpelle pas au sujet d'un produit, ne me questionne pas à propos d'une vague allergie ou d'une potentielle intolérance, non, il reste immobile et me considère, simplement. Comme un homme regarde une femme, ou plutôt comme un homme charmé peut regarder une femme qu'il trouve attirante. Je suis foudroyée. Mes oreilles bourdonnent, je comprends instantanément qu'il y a une issue à la nuit traversée depuis des années. J'ai l'impression que le réveil vient de sonner, je ne sais plus quoi faire ni où j'habite. L'homme me sourit, mais ce sourire n'a rien de carnassier. Il n'est pas en chasse, je le sens, je le sais. Je suis une femme, je lui plais, il se tient devant moi, c'est aussi simple que ça. Le temps a dû s'arrêter, je ne sais pas, sans doute les autres continuent-ils leur progression dans les couloirs du temps et de l'espace, tandis que nous restons l'un en face de l'autre, ni gênés, ni capables. Une histoire de chimie, décidément.

C'est beau, non, Dorine ? Ça suinte la romance anglo-saxonne, vous ne trouvez pas ? Eh bien je vous arrête de suite. Pour seule bande originale vous aurez droit au petit tintement qui annonce qu'un autre acteur entre en scène. Une actrice, en l'occurrence. Une jeune femme rejoint notre homme, avec dans les bras un bébé et, sur le visage, un air passablement las. Il leur faut du lait. Elle secoue sa moitié qui, visiblement, a une fois encore oublié à quelle marque va leur fidélité. Elle est excédée et n'en cache rien, pénètre d'autorité dans la zone réservée à l'équipe et s'empare d'une boîte deuxième âge antirégurgitations. Elle saisit dans le même élan une boîte de bouchons antibruit qu'elle fait claquer bruyamment sur le plan de travail, puis tourne les talons non sans avoir aboyé à la cantonade qu'elle regagne la voiture. Une collègue attrape les produits, que machinalement j'ai scannés, puis les fait disparaître dans le néant d'un sac en papier au logo de l'officine. Comme point d'orgue aseptisé à notre rencontre, l'homme à la mèche pose une boîte de Maalox sur le comptoir. Sa femme l'intoxique de l'intérieur. Nous allons en rester là, nous le savons tous les deux. En me confiant sa carte bleue à des fins de paiement sans contact, nos épidermes se frôlent, nos existences crépitent et j'ai la certitude de passer à côté de quelque chose. Peut-être de pas grand-chose, mais de quelque chose quand même ce qui, c'est mathématique, n'est forcément pas rien. Un dernier regard, l'homme à la mèche n'est déjà plus qu'un souvenir.

Je suis certaine que vous me jugez, ne serait-ce qu'un peu. Je vous inspire de la pitié ? Vous pensiez peut-être qu'un prétendu grand amour avait fait vaciller le château de cartes conventionnel que je me suis appliquée à monter, année après année, avec tant d'application ? Quelle déception n'est-ce pas... J'ai, cela dit, traversé le reste de cette journée en apesanteur. Qui était-il ? Repasserait-il ? J'en ai même oublié mon non-anniversaire soigneusement effacé partout, test grandeur nature de mon insignifiance crasse aux yeux des autres. Oui, même mon masochisme s'est incliné devant l'imposante absence. En fin d'après-midi j'ai reçu le message d'un transporteur, Lara et Sidonie avaient fait livrer des fleurs à mon domicile. Sinon ? Sinon rien, à part un SMS de mes parents. Rien de la part de ma moitié, mon cher Simon. Que dalle au travail. Ruben lui aussi a zappé mes quarante ans, cependant je ne parviens pas à en vouloir à mon ado. Jusqu'à la fermeture, j'ai imaginé que mes collègues allaient improviser un pot, une surprise, un geste. Rien n'est venu. Cependant tout ça m'était devenu égal puisque je pouvais désormais fixer à loisir ma main, cette petite zone de peau entrée en contact avec l'homme à la mèche. Je détaillais mes micropoils dressés, à peine décelables à l'œil nu, je les couvais du regard et je me sentais vivante.

Quand je suis arrivée chez moi, la voisine m'a déposé le bouquet aimablement réceptionné par elle-même. J'ai lu la petite carte qui accompagnait les fleurs et qu'elle avait regardée en douce. Elle m'a dit vous en avez de la chance et j'ai acquiescé dans un semi-coma. J'ai trouvé Ruben devant la TV, casque sur les oreilles, il ne m'a pas entendue rentrer. Un mot patientait sur la table de la cuisine. En deux lignes, Simon me prévenait qu'il se rendait à l'assemblée générale du club de foot en salle.

Je me dois d'être honnête avec vous, Dorine, j'avais cherché à souffrir et je n'étais pas déçue. Qu'on pense à moi ne tenait donc qu'à mes propres efforts, l'expérience était concluante et validait mes interrogations. Bravo. Félicitations Mathilde. Il suffisait donc d'effacer mon anniversaire du calendrier familial lié à nos téléphones et de la base informatique de la pharmacie et je n'existais plus que pour une poignée de personnes. Et que diable se passerait-il si je découpais ma silhouette des albums photo ? Mon corps s'estomperait-il instantanément de notre dimension ? Je me suis assise un long moment à la table de la cuisine, ai laissé mes yeux se frayer un chemin entre les lys blancs et les roses anciennes. Qu'est-ce que j'attendais ? Qu'est-ce qui n'allait plus ? Ensuite je me suis remise à détailler les pores de ma peau, juste à l'endroit du contact. C'était comme une découverte, je débarquais sur une terre vierge ou bien je recouvrais la vue. Avez-vous déjà réellement observé votre peau, Dorine ? Je scrutais la sainte surface, un lieu même où la vie résidait encore, là où l'espoir résistait alors que je n'en avais pas même conscience. Je crois que j'ai souri en réalisant cela. C'était la preuve qu'en dedans je n'étais pas tout à fait morte.

Je n'ai pas dérangé Ruben avant que celui-ci ne constate ma présence et ne s'inquiète du repas du soir. Nous avons dîné devant une série. J'ai autorisé le coca à table. La paix est souvent plus accessible qu'on ne l'imagine.

Un peu plus tard dans la soirée, un Simon mention deux grammes est rentré tout guilleret. Lorsque nous nous sommes croisés sur le palier après qu'il eut dévalisé le frigo – je profitais du réveil pour passer aux toilettes –, je lui ai fait remarquer que la lumière de l'entrée était restée allumée.

J'ai bien vu que le panier de linge faisait obstacle.

Je suis restée muette.

Je n'ai même pas eu à le pousser.

Les Airelles, 6 octobre

Le résident au chapeau est sorti de l'hôpital. Luxation, finalement. Il s'en tire honnêtement compte tenu du vol plané anthologique exécuté. Les équipes d'entretien se sont affairées durant trois jours et le parc rivalise désormais avec les jardins du château de Versailles. Ici c'est métro, boulot, dodo. À ceci près que vous retirez le métro. Et remplacez également le boulot par des parties de jeux de société à rendre dingues ceux qui ne le sont pas encore tout à fait. Pour ce qui est de dormir, la qualité n'est pas au rendez-vous, mais la quantité est assurée par les tonnes de comprimés de somnifères distribués. Je me demande qui vous fournit ?

Vous savez, Dorine, c'est la première fois que je tente l'expérience de la vie en collectivité. C'est assez rafraîchissant, en fin de compte. Charly et moi avons toujours été tenus à distance des groupes. Jamais internes, pas de vacances en colonies, pas l'ombre d'un sport collectif. Je suis, pour être honnête, fascinée par les rapports humains et les intrigues qui se nouent et se dénouent, ici ou là. À rester en retrait, observatrice, il semblerait que j'aie gagné peu à peu une position de sage à la Cour des Miracles. Certains résidents viennent me trouver, voire réclament mon avis sur tel désaccord ou telle embrouille. Moustache n'aime pas ça du tout, je le vois bien. Ses collègues la craignent, je crois qu'en plus d'être une teigne elle est déléguée syndicale, avec somme toute une vision étonnamment autocentrée du titre.

D'après Ruben, Simon en a tout à fait terminé avec la rééducation. Il ne s'est pas raté en tombant dans les escaliers. Vous savez, j'ai encaissé ce soir-là. Pas une seule fois je ne l'ai accablé pour son oubli. Pas une fois. Ce n'était pas le propos, je l'avoue. Il y a bien sûr des priorités, un ordre naturel aux choses et, dans un monde harmonieux et rêvé, les fractures ouvertes primeront toujours sur les événements du type marque-sur-la-porte-avant-de-la-Clio ou oubli-d'anniversaire. J'ai on ne peut plus rapidement prévenu les secours. L'angle de sa jambe ne laissait que peu de place au doute : c'était cassé, et artistiquement s'il vous plaît. Pas question de tergiverser et de s'imaginer sortir la trousse à pharmacie. Et Simon qui bramait, mais bramait… Vous auriez halluciné. Je suis à peu près certaine que vous êtes femme à endurer en silence. La voisine s'est pointée dans la minute, pensez-vous, même en pleine nuit ! Elle n'a que ça à foutre, dépressive à temps plein qu'elle est depuis une dizaine d'années. Le lendemain, Simon m'a reproché de ne pas l'avoir accompagné dans l'ambulance. Qu'est-ce que j'aurais fait de plus ? Je vous le demande. Rien. Pour information, je ne suis pas plus orthopédiste que proctologue. Une fois la prise en charge effectuée par les pompiers, Ruben rassuré (entre vous et moi, il ne randonnait pas non plus dans des sommets d'inquiétude) et la voisine flanquée à la porte, mes quarante printemps et moi-même sommes allés nous coucher. On peut considérer ma réaction comme froide, je le concède, mais sur le moment j'ai simplement choisi de m'offrir une nuit paisible en guise de cadeau d'anniversaire. Comme je ne suis pas un monstre, le lendemain je me suis présentée dès sept heures tapantes au service d'urgence où, sans surprise, Simon avait été opéré et la fracture réduite. Dans la foulée j'ai contacté sa secrétaire, laquelle s'est mise à sangloter au bout du fil comme si je lui annonçais le décès d'un proche. Ensuite j'ai fait le nécessaire pour les obligations qui couraient jusqu'à la fin de la semaine. Ne me jugez pas, Dorine, je vous avais annoncé la couleur. Je perdais pied depuis un moment.

Plusieurs éléments se sont révélés décisifs les jours qui ont suivi sa chute, j'en ai aujourd'hui conscience. Simon, encore shooté par les produits anesthésiants et sous morphine, semblait si vulnérable, tellement faible. J'ai retrouvé sur les traits détendus de son visage ce qui m'avait attendri lorsque nous nous sommes rencontrés. J'ai reconnu nos heureuses années et les ai saluées en passant. Bourgin m'ayant donné quelques jours de congé, j'ai passé la semaine entre la chambre d'hôpital et la maison. Je perdais mes repères chaque minute un peu plus, je voguais sans but, chancelais. Seule, loin de la pharmacie, je cherchais à me raccrocher à n'importe quoi, un radeau quelconque aurait fait l'affaire. Tout ce qui pourrait faire sens. Mais Ruben allait en cours, la maison se salissait à peine et la femme de ménage passait quand même. Je me sentais inutile. J'étais inutile. Quelquefois, encore, mes pensées revenaient à l'homme à la mèche, à ces quelques minutes où un semblant d'énergie avait fait son retour. Je me surprenais à caresser ma main, comme pour me reconnecter avec moi-même. Depuis la fenêtre de la chambre de Simon, il m'est arrivé à plusieurs reprises de scruter le parking de l'hôpital. J'attendais un signe, je priais pour que quelque chose se produise. Je voulais qu'on me donne les clés pour la suite, une notice explicative, puisse cette personne être le gardien ou un éboueur de passage.

Sur le dos de ma main, un matin, je me suis rendu compte qu'un détonateur avait éclos. Je me suis installée à mon bureau, j'ai orienté la lampe, pris la loupe, scruté. Un détonateur, oui, rien de moins. Minuscule et rose foncé. Je suis allée jusqu'à la salle de bains, ai farfouillé, et j'ai fini par trouver un pansement à la bonne taille. Je l'ai recouvert sans me poser plus de questions et suis allée travailler à la pharmacie.

Je sais que vous avez très envie que je vous en dise plus sur Daphné. Le rôle qu'elle a joué et son implication. Je ne suis pas encore prête, je dois réfléchir, me concentrer. On a dû vous dire que mes parents étaient venus me voir ? Je parie que vous trouvez ça touchant. J'avais pourtant refusé, signifié poliment que j'étais trop fatiguée pour les visites et que je me limitais à celles de Ruben. J'ai honte de l'avouer, j'ai fait semblant de dormir. Comme je joue très mal la comédie, le simulacre de pièce théâtrale a rapidement tourné au ridicule. Je contrôlais mon souffle, tentais de ne pas bouger d'un pouce. Et puis, Véronique a décidé de faire entendre le son de sa voix pile au moment où ma mère – pas dupe – s'approchait dangereusement de mon visage pour vérifier. Je me demande encore ce qui est passé par la tête de ma camarade de chambrée. En tout état de cause, j'ai feint le réveil et l'overdose médicamenteuse afin de limiter au minimum les échanges avec mes géniteurs. Vous savez, Dorine, les familles ont peur. Constamment. On ne tolère que le bien. Il faut bien aller, bien se comporter, bien se tenir, bien faire et faire le bien. Rester cohérent individuellement si l'on souhaite préserver l'unité. Un adulte qui craque et c'est un tout qui est remis en cause, sur des générations. J'ai fauté, Dorine, tout du moins aux yeux de mes parents, j'ai failli. De fait, je ne peux aujourd'hui leur en vouloir de sortir à leur tour les vieux dossiers de la cave. J'ai été durant quarante ans au maximum de l'urbanité, un modèle de politesse, mais lorsque ma mère a commencé à me donner des nouvelles de Charly, j'ai su que je m'aventurais sur la pente descendante. Poids sur la poitrine, hyperventilation, tachycardie, entendons-nous bien : je ne souhaitais pas aller au front, mais me trouvais prise au piège. Je reculais depuis un petit quart d'heure dans le fond de la souricière en usant de banalités et cette fois me trouvais acculée. Derrière moi le mur froid et rugueux râpait mon dos sans espoir de sortie. Et c'est là que le miracle s'est produit. Véronique s'est manifestée pour la seconde et dernière fois depuis que je la connais. Ma colocataire s'est soudainement mise à pousser des grognements épouvantables. Je suis certaine que Véronique a perçu mon malaise, elle passe le plus clair de son temps à m'observer, dès que je baisse la garde. Si je ne la pratiquais pas depuis un petit temps, j'aurais juré qu'elle était à cet instant comme possédée. Effet immédiat : mes parents ont paniqué ; j'ai bondi sur la sonnette ; le staff est arrivé au pas de charge. J'en ai profité pour les embrasser et les pousser vers la sortie, Moustache s'est chargée de les évacuer. Véro en a été quitte pour un shoot de myorelaxants en intraveineuse. Avant de sombrer dans les bras d'un Morphée sous acide je suis presque sûre qu'elle a esquissé un sourire.

Je dois vous laisser, je viens de me rendre compte qu'on m'avait encore piqué une culotte.

Les Airelles, 7 octobre

Nous avons été heureux, vous savez. Nous avons connu notre lot de bonheurs et de joies. Et puis, Ruben a grandi et je pense que c'est l'élément le plus causal du changement. Simon s'est toujours activement consacré à ses activités personnelles et son travail. Quant à moi, je passais la plus grande partie de mon temps dans cette satanée pharmacie, ce qui m'allait bien. En dehors de l'officine, une routine rythmée par l'école, les activités sportives et les associations. Le week-end, dîners entre amis. Quand on m'a retiré ce qui tournait autour de Ruben, les bases de la pyramide ont sérieusement commencé à trembler. Je n'allais tout de même pas rester trésorière d'associations desquelles mon fils ne faisait plus partie. Ce n'est pas faute de l'avoir poussé à redoubler… Je plaisante, Dorine. Oui, les torts me reviennent principalement. Je n'ai pas fait grand-chose pour maintenir notre vie, cette vie, à flot.

Mi mai, Simon est sorti de l'hôpital. Il se débrouillait plutôt bien avec ses cannes anglaises. Il avait, depuis sa chambre médicalisée, géré l'entreprise en télétravail.

Il était tout heureux de retrouver la maison. Je l'ai, pour ainsi dire, cueilli à son retour, sans que rien de tout cela ne soit prémédité. S'il n'y a qu'une certitude à avoir sur les événements, c'est que rien n'a jamais été prévu. Les faits se sont simplement enchaînés. J'ai regardé les briques consécutivement tomber les unes sur les autres, les actes avoir leurs conséquences et leurs implications. Quand je dis que je l'ai cueilli, c'est que je lui ai annoncé avoir rencontré quelqu'un. En frottant le pansement sur le dos de ma main, celui qui cachait le détonateur, je me suis lancée sans mesurer l'impact qu'auraient mes mots. C'est étonnant la force dont peuvent se revêtir les mots selon les situations. Simon a changé de couleur. Une teinte violacée assez prononcée, si je me souviens bien. Il a répondu du tac au tac. C'est qui, on peut savoir. De qui tu parles. À partir de là, tout a commencé à prendre une tournure cocasse, en partie parce que Simon ne m'a pas crue quand je lui ai dit que je ne savais pas le nom de cet homme, étant donné que, comme celui-ci n'avait acheté que des produits non remboursés, je n'avais pas eu à passer sa carte Vitale. Simon s'est emporté et d'ailleurs presque étouffé avec des pistaches – nous nous étions installés pour prendre l'apéritif –, tu te tapes des mecs sans connaître leur nom ? Il a demandé. J'ai rigolé. Un rire nerveux, ce qui n'a rien arrangé, comme vous pouvez vous en douter. Et ça te fait marrer, en plus ? Il a ajouté. J'ai rétorqué que ce qui me faisait rire nerveusement, j'ai appuyé sur le « nerveusement », c'était qu'il imagine aussitôt que je me *tapais* quelqu'un. Il m'a regardé comme si une trompe me poussait entre les yeux. Mais, alors de quoi on parle, là ? Il a insisté. De pas grand-chose en fin de compte, Simon, j'ai répondu. J'ai croisé quelqu'un qui m'a fait de l'effet, ce qui m'a fait dire qu'il me faisait de l'effet. Je me suis sentie vivante et maintenant, plus les jours m'éloignent de cette rencontre qui était plus symbolique qu'importante, et moins je me sens vivante, et peut-être même que je me sens pourrir de l'intérieur, un peu.

Je n'ai rien dit du détonateur parce que je sentais bien que Simon ne serait que moyennement en capacité de comprendre. Alors, à ce stade, Dorine, je me dois de refaire un point sur la géographie de la pièce. Déjà, Ruben est dans sa chambre en train d'entretenir acouphènes et surdité précoce à force de rap infâme, donc je suis certaine qu'il n'imagine rien de ce qui se trame au rez-de-chaussée. Simon et moi sommes dans le salon. Comme je vous l'ai déjà dit, nous nous sommes servi un petit whisky japonais pour fêter son retour. Je sais ce que vous vous dites : aborder mes réflexions personnelles au moment précis de son retour à la maison après une semaine d'hospitalisation n'est pas éminemment judicieux. Manque de clairvoyance, ou vision démesurément optimiste de l'ouverture d'esprit de mon mari ? Toujours est-il que Simon, après cette première salve de questions, repose son verre et se met à fixer le mur situé juste derrière moi.

— Et donc, il dit.
— Ben quoi ? je réponds.
— Je suis censé faire quoi de cette info ? il précise.
J'ai fini par avouer que, très sincèrement, je n'en avais pas la foutue moindre idée.

Les Airelles, 8 octobre

Si j'avais porté ma tenue de yoga, peut-être que rien de tout cela ne serait arrivé. Ne vous méprenez pas, Dorine, j'ai seulement assisté à deux cours avant de laisser tomber, mais je porte encore fréquemment la tenue pour traîner. C'est excessivement confortable. Ce matin-là, j'avais eu un rendez-vous matinal à la préfecture, une histoire sans intérêt de plaque d'immatriculation, qui explique pourquoi j'étais présentable alors même que je n'avais pas à me rendre à la pharmacie pour la simple raison que j'étais en arrêt de travail. Vous devez vous demander, alors, pourquoi je vous entretiens yoga ? Mais figurez-vous que cet élément a son importance… Croyez-moi sur parole, lorsque Daphné sonna, tout eût été très différent si j'avais ouvert la porte de l'appartement de ma tante vêtue de ma tenue de sport.

Daphné dégoulinait. Littéralement, j'entends. Sa chevelure brune était ramassée en petites queues de rat sur ses épaules, et sa veste pendouillait sous le poids de l'eau qui gorgeait le tissu. Au bout de sa main tremblante se balançaient les reliques d'un parapluie, anéanti par l'averse de grêle qui venait de s'abattre. Je la revois dégager ses yeux des mèches encore collées à son front et reconstituer un semblant de masque en me découvrant. Un rictus, à mi-chemin entre la grimace et l'affectation. C'est le détail qui m'a touchée en plein cœur, Dorine. Cette exacte fraction de seconde. Je l'ai reconnu instantanément, ce masque, précisément la réplique dont je me pare lorsqu'il devient indispensable de contenir mes larmes. Sur le sien j'ai décelé une attente, une supplique même. Et puis, l'instant d'après, elle avait repris toute contenance. Elle souriait vraiment, c'était à s'y méprendre pour qui n'aurait pas eu l'air averti. Déjà, Daphné m'offrait à voir une nouvelle facette de sa personne, une facette toute différente.

Ensuite, je suis bien incapable de vous dire si c'est moi qui l'ai fait entrer ou si elle s'est imposée. Le résultat est le même, quelques instants après le coup de sonnette, Daphné piétinait dans le vestibule, détaillant les photographies qui en ponctuent les murs. Elle a vite abandonné son parapluie près de la porte et s'est excusée pour le retard, se disant mortifiée.

Maintenant que je la connais, je sais que Daphné n'est pas femme à se trouver désolée pour un retard ou autre chose. Tout d'ailleurs, dans sa posture, indiquait qu'elle n'en pensait pas un mot. Vous savez, Dorine, Daphné a l'habitude que l'on accède à ses moindres désirs.

Elle a déposé dans l'air un « Je vous suis ? » d'une voix douce, mais assurée. Je ne pouvais faire autrement.

J'étais hypnotisée par ses lèvres peintes. Une teinte suggestive et soutenue. Osée, me suis-je dit. J'ai refermé la porte d'entrée, consciente qu'il y aurait un avant et un après ce geste, au demeurant si banal.

J'en reviens à cette notion d'intuition que nous avons évoquée ensemble. Daphné attendait que je m'engage dans le couloir. J'étais en apnée, reculant le moment de m'investir à voix haute puisque lucide : en m'exprimant je validerais, scellerais un début, quel qu'il soit. J'étais comme ces primoparachutistes, prêts à sauter en théorie, mais soudain en proie à toutes sortes de questionnements, hébétés devant l'instructeur. Je percevais le poids du parachute, me tenais docilement en position, et malgré tout il m'appartenait encore de renoncer. Alors ? Enlever le parachute ou au contraire le réajuster ? Indépendamment de la partie de mon esprit qui cherchait à rationaliser une scène que je devinais, mon corps s'est engagé. J'ai progressé dans l'appartement, Daphné sur les talons. Ma main a actionné la poignée du bureau et mon index a pressé l'interrupteur.

La pièce était quasi vide. Un bureau, un fauteuil à roulettes, deux chaises pliantes, inconfortables et noires. C'était risible et peu crédible. J'ai brièvement vacillé en surprenant les coups d'œil que Daphné jetait un peu partout. C'est l'hésitation débusquée dans ses yeux qui a précipité mes mots, son début de perplexité qui m'a poussée à me justifier. J'ai alors bredouillé une histoire de travaux et Daphné a acquiescé distraitement, finalement assez peu attentive aux explications. Elle a vainement cherché un porte-manteau, posé ses vêtements sur le dossier de l'une des chaises et s'est assise du bout des fesses sur la seconde. Mécaniquement, je me suis installée au bureau et, je dois vous l'avouer, Dorine, j'ai aimé cet instant chargé d'adrénaline. Dans le tiroir central du bureau, parmi une multitude de blocs-notes d'hôtel, j'ai avisé un répertoire entièrement vierge. Je l'ai consulté quelques secondes avec une attention soutenue. Oui, initialement le rendez-vous était fixé à 9 heures. Daphné s'est excusée une nouvelle fois avant de confirmer ses coordonnées. Quand j'ai eu fini de consigner les renseignements il a bien fallu se rendre à l'évidence : Daphné était dans l'attente de quelque chose et, quelle que fût cette chose, j'allais à partir de cet instant en faire une affaire personnelle. Cette femme était venue à moi et je l'avais laissée entrer, sans le moindre signe de réticence. Je ne l'avais pas arrêtée, pas le moins du monde mise à la porte ou éconduite. Je n'avais pas secoué la tête. Pire, à défaut de le faire dans le marbre, je venais de graver ses coordonnées dans un carnet Clairefontaine. Quant à elle… Eh bien Daphné ne menaçait plus à présent de fondre en larmes, comme quelques minutes auparavant dans le vestibule. Elle avait repris vie, elle récupérait. J'ai eu envie de la protéger, c'est ce qu'il ressort de ce moment. Mon empathie a pris toute la place. Ensuite ses yeux ont harponné les miens et, durant un quart de seconde, j'ai douté. Ma raison a tenté de reprendre le dessus, m'intimant de stopper cette absurdité avant que la mécanique ne se soit tout à fait mise en branle. Tout cela était proprement ridicule… Le plus grand malentendu de toute l'histoire de la création.

Et puis, pour une raison que je ne m'explique toujours pas, j'ai sauté.

Sans même attendre le décompte de l'instructeur, dont j'imaginais sans peine les yeux grands écarquillés.

— Pourquoi consultez-vous ? ai-je lâché.

C'est de cette manière que Daphné est entrée dans ma vie.

Le problème, Dorine, c'est qu'avant de m'élancer dans le vide je n'avais pas vérifié mon parachute.

Les Airelles, 9 octobre

Durant la semaine qui suivit ma pseudo-révélation concernant l'homme à la mèche, Simon n'est pas revenu sur l'échange que nous avions eu. Même si, en apparence, rien n'avait changé, je sentais que mon mari m'en voulait profondément. Son regard, acide, vitriolique, heurtait mon dos et s'y accrochait douloureusement. Toutefois, c'était autre chose que de la jalousie. Simon, *de facto*, éprouvait du ressentiment. Pour ainsi dire, il me reprochait d'avoir verbalisé tout haut mes craintes et exprimé un certain mécontentement. Je l'ai compris plus tard… Est-ce que je regrette d'avoir évoqué cette « rencontre » ? Je ne suis pas en mesure de répondre cela. Pas encore capable d'avoir ce recul. Je vous devance, je sais que vous poserez cette question lors de notre prochaine séance !

Simon et moi avons repris notre routine, à ceci près que je portais un temps, en plus des casquettes habituelles, celle de chauffeur étant donné son incapacité à conduire. Parfois, je repensais à l'homme de la pharmacie, à ce furtif tête-à-tête qui avait bouleversé ma vie sans qu'il y ait eu quoi que ce soit de concret… Alors même que je savais pertinemment qu'il n'y aurait jamais rien de concret.

Dorine, j'aimerais vous faire comprendre ce que j'ai ressenti, ce qu'il s'est passé en moi. En provoquant la poussée du détonateur sur le dos de ma main, cet événement m'a obligée à glisser une césure dans l'écriture de mon existence, à modifier la foulée de ma propre marche dans cette existence. Ce fait, ou cette absence de faits, devrais-je dire, m'a forcée à la lucidité. Désormais, chaque matin, j'ouvrais les yeux non pas sur la lumière à portée de main, non sur les possibles accessibles, mais sur l'épaisseur du brouillard qui me séparait de tout cela. Dans ma mélodie quotidienne je n'entendais soudain plus les notes, seulement les silences et les soupirs.

Je me suis fait un copain. J'emploie ce terme de cour d'école, car c'est de ce type de rapports et de relations qu'il est ici question. Armand a trente-cinq ans et il a « bugué » tout à coup. C'est ce que m'a confié sa sœur aînée hier. Elle était tout heureuse que son petit frère se soit lié avec quelqu'un, je cite, d'à peu près normal. Je ne le prends pas mal, je peux comprendre l'inquiétude qu'éprouve cette femme. Difficile d'avoir le recul nécessaire pour appréhender les comportements de certains résidents. Il y a tout de même un type qui se prend pour un perroquet ! Je ne suis pas aveugle, vous savez, je sais que Ruben prend sur lui lors des visites, je le réalise objectivement. Mais revenons-en à Armand, il travaillait jusque-là comme concepteur de jeux vidéo. Il ne s'était jamais montré très sociable d'après ce que j'ai cru comprendre, comme un certain nombre d'entre nous, en fin de compte. Et puis, un soir, il semblerait qu'en rebootant sa box, il se soit bloqué. Lorsque le boîtier a redémarré il l'a fait de concert, mais dans un mode différent : depuis, il ne se passionne plus que pour le foot. Vous me direz, ce ne sont pas les passionnés de foot qui manquent, sauf que lui ce sont les statistiques et les dates de naissance qui l'intéressent. C'est fascinant, j'ai fait le test. Sa mémoire ne retient plus que ça, et c'est comme si plus rien d'autre ne comptait. L'aspect phénomène de foire est divertissant cinq minutes, mais avouons-le, c'est rapidement soporifique et usant. Passé le temps de l'attraction, les curieux le délaissent, Armand. Ensuite, il moisit sur un banc du perron, quand le temps le permet, ou sur une chaise de la grande salle, il reste figé, à ne même pas regarder une mouche voler. Je me suis mise à lire à voix haute l'autre jour et, après quelques craintifs coups d'œil, il s'est approché. Vous savez que je me suis plongée dans *L'Écume des jours* pour la première fois ? J'ai trouvé un exemplaire dans ce qui sert de bibliothèque. Comme on ne se refait pas, même dans une nouvelle version de soi-même, Armand m'a apporté un almanach dans lequel il est parvenu à dénicher un Vian. Julien – Rethel de 1989 à 1992 – date de naissance 7 mars 1968. À part ça, il écoute attentivement et moi je me sens utile. Devinez à qui tout ça ne plaît pas… Moustache, bien sûr. Comme si la lecture risquait de déclencher des scènes d'émeutes, je vous jure. Chose étonnante, il semblerait que Véronique soit jalouse de l'attention que je porte à Armand. Attention, elle ne parle pas plus que d'habitude, mais se radine dès que je sors le roman dans la salle commune.

Tant que j'y suis, à vous parler du quotidien, ce serait formidable si vous pouviez insister, pour ce qui est des vols de sous-vêtements. Au rythme où ça va on va tous se retrouver le cul nu. Ça devient franchement gênant que la hiérarchie fasse comme si de rien n'était. Je compte sur vous.

Les Airelles, 10 octobre

Je me demandais hier soir en m'endormant quel sujet vous aviez pu choisir pour votre mémoire ou votre thèse, et j'ai réalisé que je ne sais pas précisément quelles sont vos qualifications. Psychanalyste ou bien psychiatre ?

J'ai à nouveau croisé Charly cette nuit. Peut-être est-ce le signe que je lui manque ? Loin de moi l'idée de vous apprendre que les rêves prennent leurs libertés, mais mon esprit a, semble-t-il, voulu revenir sur cette fois où mon frère s'est fait punir à ma place. J'ai toujours été si sage, si obéissante… Un bon petit soldat. À croire que, sitôt la maternité, on m'a désigné une place et que je suis docilement restée dans le périmètre, tout en rêvant d'en sortir, bien évidemment. Empêchée, voilà. Depuis toujours je me sens empêchée. Tout cela aurait-il pu se dérouler différemment ? J'aime à croire que non, c'est trop douloureux, mais je sais que c'est pourtant probable. Je n'ai pas réussi à me débarrasser de la cotte de maille qu'on m'a collée sur le dos. Charly, brillant, libre et aérien, et moi, agrippée à la terre ferme, à la franche réalité. Dénuée de la moindre fantaisie. Bon, dans mon rêve, l'histoire tournait au délire, à un moment on se trouvait carrément dans un zoo, mais dans les faits, adolescente, j'ai un jour décidé que j'avais suffisamment conduit sur les chemins de champ avec mon grand-père pour tenter seule l'aventure. Je ne sais pas ce qui m'a pris, je me fichais totalement de conduire. J'ai conscience avec le recul aujourd'hui d'avoir simplement cherché à me frotter aux embrouilles, je voulais voir ce qui arrivait lorsqu'on désobéissait, voir ce qui se produirait si personne ne me prenait en flagrant délit, ou ce qui transiterait dans les yeux de nos parents dans le cas contraire. Je ne suis jamais sortie de la cour. La 4L s'est emplafonnée dans l'un des montants du portail après un trajet aussi court que cahotique, le tout en *slow motion*, un régal pour les amateurs. Je me souviens d'abord avoir été déçue par la tournure que tout cela prenait, que mon épopée soit de si courte durée, puis, l'excitation mêlée d'une pointe d'angoisse s'est radinée. Ah ça ! Ils n'allaient pas en revenir, tous autant qu'ils étaient ! J'avais défoncé la 4L, ça ne faisait pas l'ombre d'un pli ! Charly, qui avait assisté à la scène, est vite arrivé à ma hauteur. Je me rappelle son air grave, plus que de tout autre détail. Pourtant habitué des mauvais coups, il ne semblait pas trouver la situation hilarante. Nous nous tenions là, tous les deux devant le carnage, les bras ballants, lorsque le portail tout entier, histoire d'ajouter un peu de romanesque à la situation, s'est affaissé sur la voiture déjà mal en point... Alertés par le vacarme, mon père et mon grand-père se sont précipités dans la cour et tout naturellement tournés vers Charly. Mon frère a réagi au quart de tour en s'excusant. Il avait eu envie de conduire seul, c'était idiot, il était désolé. Notre grand-père, que nous n'avions jamais connu que d'humeur joyeuse, a retourné à mon frère une paire de claques qu'il me semble encore entendre siffler aujourd'hui. Je vais être sincère, Dorine, je crois que je n'ai même pas essayé de partager la faute. Il avait pris pour moi, c'est ainsi que ça devait se passer. C'était l'économie de notre fratrie. Pourtant, je lui en veux encore autant que je me reproche de ne pas avoir revendiqué la catastrophe. Endosser la faute, c'était m'empêcher de sortir du rang la seule fois où je tentais quelque chose. Le laisser faire, c'était sceller ma vie. Je n'ai plus rien risqué par la suite, et suis restée de nous deux la caution fiable, la bonne fille avec tout ce que ça comptait de rassurant et de monotone. Je sais bien que Charly s'est dénoncé pour m'épargner la punition qui s'ensuivit, qu'il a fait ça par fraternité, mais je suis sûre aujourd'hui qu'assumer les faits aurait modifié ma trajectoire. Au lieu de cela, cet accident reste le seul embryon de révolte de mon adolescence. En voulant me protéger, Charly me confinait à la zone de confort qui resterait mienne, *ad vitam æternam*. Jusqu'à ce que j'annonce à Simon que j'avais des doutes sur les bases de notre vie commune. Jusqu'à ce que, pour finir, je décide ensuite sciemment de déboulonner le socle de ma vie.

Je repensais à tout cela cet après-midi, jour de visite. Penché sur le plateau du jeu d'échecs que j'avais emprunté au foyer, Ruben se concentrait sur le meilleur coup à jouer. J'ai perçu en l'observant, dans la latitude du plexus, une violente éruption, une montée sourde de chagrin. Vous savez, lorsque les sanglots se pressent tout à coup. Je prenais conscience pour la première fois de la solitude de mon fils, pour la traversée de cette épreuve, et plus globalement dans sa traversée du monde. J'ai ravalé mon spleen quand il m'a mise échec via un coup tout à fait contestable, et me suis efforcée de me souvenir pourquoi cela m'avait arrangée que Simon, fils unique lui-même, ait voulu reproduire le schéma qu'il avait connu. Je souffre d'endométriose, Ruben est une sorte de miracle, mais peut-être cela nous a-t-il convenu, en fin de compte. La vérité, c'est aussi que je ne souhaitais pas à mon fils de faire fonction, d'être comparé, je voulais tout sauf qu'il se cantonne à un rôle qu'on aurait défini pour lui. Mon ventre m'assurait que, sans frère ni sœur, Ruben s'installerait dans l'existence selon ses propres préceptes. *Tabula rasa*, expériences personnelles. Totalement idiot, n'est-ce pas ? Dieu sait à quel point j'aime mon frère. Avec tellement de force. Pour finir, Ruben fait toujours en fonction… de nous. Oui, pour finir Ruben est seul alors que j'ai Charly, même si grandir à ses côtés n'a pas toujours été facile, l'avoir comme frère a été une chance. Je dramatise peut-être, l'avenir nous le dira, et le fait est que, pour le moment, la cohabitation de Ruben avec son père semble se passer correctement dans notre maison. Dans cette maison que j'ai désertée au moment du drame.

Je ne vous ai pas clairement expliqué comment je me suis retrouvée à fuir le domicile conjugal. Je serais incapable de dire si nous l'avons décidé conjointement ou si cette solution s'est imposée d'elle-même. Disons que je voyais Simon souffrir, je voyais qu'il m'en voulait, de cette terrible discussion et de ces doutes laissés en évidence sur la table basse le soir de son retour, à côté des verres à apéritif. J'avais beau essayer de faire comme si tout était normal, de planquer soigneusement le détonateur sous des pansements que je changeais régulièrement, je savais celui-ci toujours bien présent sur le dos de ma main. Je constatais chaque jour qu'il ne diminuait pas et ne pouvais nier son existence. Je n'arrivais pas à m'expliquer, à exprimer ce que je souhaitais précisément et ce que je ne voulais plus. Pendant que je tournais et virais, mon mari prenait ses quartiers dans un mutisme qui me désarmait plus encore.

Françoise, ma tante préférée, vient tout juste de cesser son activité professionnelle. Elle passe le plus clair de son temps en Provence où elle a un pied-à-terre, mais souhaite conserver son appartement pour séjourner l'hiver en ville. Alors, bien entendu, quand Françoise m'a proposé d'en disposer si jamais le besoin s'en faisait sentir, j'ai soumis l'éventualité d'un *break* à Simon. C'est à peine s'il a réagi. Oui, Simon s'est contenté de secouer vaguement la tête alors que j'espérais qu'il me dise c'est idiot, c'est non, reste près de moi. J'espérais que mon mari me retiendrait, qu'il m'apaiserait, mais voilà, Simon a simplement secoué la tête sans rien répondre. De fil en aiguille je me suis installée sans trop savoir pourquoi dans l'appartement de ma tante, appartement qui tenait également lieu de cabinet de psychothérapie jusqu'à ce qu'elle ne cède sa patientèle à une consœur. Vous l'aurez compris, c'est sur cet état de fait que Daphné a sonné à la porte, une semaine à peine après que j'avais déposé mes valises dans l'appartement de Françoise. J'ai bien sûr instantanément compris que Daphné se méprenait mais rien en moi ne s'est opposé à la suite. Daphné, ma Daphné était là, devant moi. Depuis plusieurs semaines tout s'effondrait, et son apparition n'était en fait que la suite logique du chaos qui s'installait confortablement dans ma vie.

J'ai raconté à Ruben que Moustache voulait interdire les lectures, qu'il soit question de *L'Écume des jours* ou de quoi ce soit d'autre. J'ai aimé voir comment il se révoltait. Je souris encore en l'écrivant. Il m'est pénible d'imaginer par quoi passe mon fils, ce qu'il peut penser de moi et, tout à la fois, je crois que les moments que nous partageons depuis que je suis ici sont bien plus forts que ce qui nous liait dans cet avant qui disparaît définitivement dans le rétroviseur. Je vous ai déjà dit à quel point Ruben et Charly s'entendent bien ?

Dorine, sans transition, je crois bien haïr Moustache. Ce cerbère est une véritable saleté. Cet aveu ne doit pas jouer en ma faveur, mais sachez que, de toute façon, ici, tout le monde la déteste. Elle est ce qui se fait de pire en matière de soignant. Quoi qu'elle décide, quoi qu'elle impose, je suis décidée à continuer de lire quelques pages par jour à Véronique, Armand et à ceux, toujours plus nombreux, qui gravitent prudemment autour de nous dès que Moustache disparaît du panorama.

Les Airelles, 11 octobre

25 mai, je crois. Puissante, imposante. C'est très clairement les qualificatifs qui se sont immédiatement imposés à mon esprit. Parce que la seule présence de Daphné suffit à vider le vestibule de l'oxygène qui s'y trouvait, je n'ai été en mesure de réfléchir plus avant. Puissante, imposante, évidente, malgré la criante détresse qui semblait l'habiter tout à la fois. Daphné éclipsait le reste, tout ce reste qui nous entoure... Je me suis trouvée sidérée, Dorine, et j'ai laissé la scène se dérouler. Un réalisateur fantôme l'a dirigée, Daphné a habité pleinement le plateau de tournage et je suis entrée à mon tour dans la danse. Voilà comment nous nous sommes toutes deux retrouvées, quelques minutes plus tard, dans l'ancien cabinet de thérapeute de ma tante Françoise.

Fascinée, je l'ai regardée dénouer son étole pour la déposer avec soin, bien à plat, sur un trench un peu froissé. La manière avec laquelle son visage jonglait avec diverses émotions... Cette souplesse soudaine des traits, alors que quelques minutes plus tôt ils semblaient quasi marmoréens, alors que, l'instant d'avant, Daphné portait le masque si tourmenté qui m'avait si violemment vrillé le cœur… Il y a eu de la curiosité en moi, je ne peux le nier. Il est évident que je brûlais de savoir ce qui nous attendait. J'étais au spectacle, Dorine, privilégiée. J'avais cette femme si magnétique devant moi, pour moi et moi seule, alors même que la journée s'annonçait désespérément vaine. C'était comme de gagner au loto sans même avoir pris la peine d'acheter un billet. Ensuite? Eh bien je me suis prise au jeu avant de me trouver prise au piège. Imaginez-vous… Je n'allais pas avouer à ce stade à cette femme que je n'avais rien d'une thérapeute. Je n'ai pas eu grand-chose à faire, vous savez, je me suis laissée emporter par le flot. Daphné avait un sac à vider, et visiblement pas format cabine. Il y avait matière à meubler une séance. Elle était venue pour ça, avait pris rendez-vous pour cette raison précise. Des thérapeutes, elle en avait vu quelques-uns, ça collait parfois, et puis ça ne collait plus. Une amie d'amis lui avait donné la carte de Françoise, et elle était reconnaissante de la rapidité avec laquelle on lui avait fixé rendez-vous.

Je me suis contentée d'acquiescer, il m'a suffi d'incliner la tête à plusieurs reprises. Pour l'inciter à reprendre, lorsque le flot semblait se tarir, quand je voyais le curseur de sa jauge de courage flirter avec la panne sèche. Je dois reconnaître que c'est un exercice très difficile!

Durant le premier quart d'heure, je n'ai pas réussi à me concentrer comme je l'aurais voulu. Je ne pouvais m'empêcher de l'observer. Mes yeux, bien malgré moi, escaladaient cette silhouette de poupée désabusée mais à la fois belle et impressionnante. Les flammèches du feu qui l'habitait remontaient jusque dans ses pupilles, son corps pulsait et les battements de son cœur semblaient emplir toute la pièce, se répercuter dans tout l'espace. Je ne ratais rien, je me délectais et ne voulais rien perdre de ces secondes offertes. Je voulais m'imprégner totalement de cette femme hors norme et blessée, que le destin avait larguée sur mon paillasson en ce petit matin froid de mai. Sa façon de bouger, ses épaules trop hautes tenues, trahissant son agitation même dans les instants de répit, dans les soupirs. Ses mains qui se torturaient l'une l'autre sans relâche, dans une danse saccadée. Une révélation en quelque sorte : j'avais croisé peu d'individus de cette trempe en quarante ans d'existence et tout était remis en question. À se demander si j'avais déjà observé le monde avec ce regard précis. Mes repères s'en étaient allés : Daphné se tenait là, devant moi. Elle allait mal, ne savait plus comment se comporter, se disait incomprise et tout cela me paraissait si surréaliste, si impensable. Il suffisait d'un coup d'œil pour comprendre que les gens comme elle ne sont pas censés traverser ce type d'épisodes. Les gens de cette trempe fendent le réel. Daphné cherchait un refuge et je me devais d'être celui-là. Je ne pouvais qu'être cela.

C'est vrai que, durant un court instant, j'ai effectivement songé à Charly, quelque chose dans le regard qui annonce la couleur, qui exige et impose. Oui, Daphné était de ceux-là. Ceux qui se servent, qui saisissent. Ceux pour qui les choses de la vie et les manières d'agir sont flagrantes. Alors comment expliquer que cette femme se trouve si troublée, qu'elle passe des sourires aux torrents de larmes ? Que lui était-il donc arrivé ? Sa détresse allait à l'encontre des évidences. Ma curiosité était définitivement piquée : je n'avais jusque-là fait que caresser le mécanisme, j'allais y mettre les deux mains. J'ai dit ça va aller, prenons une chose après l'autre. J'ai dit il vous faut accepter de lâcher prise avant de reprendre le contrôle. J'ai dit un sacré tas de conneries, Dorine, vous auriez bien rigolé. Absurdités lues dans des revues, entendues dans des téléfilms. Quand Daphné a eu épuisé le plus gros de ses doléances, elle s'est subitement tue et a fixé ma main. Dorine, je vous assure que j'étais à ce moment en train de prendre sur moi, de me motiver pour recoller à la réalité, mais Daphné considérait ma main avec surprise et gravité. J'ai su avant qu'elle ne se lance, su qu'elle voyait au travers du pansement, ou tout comme. Elle a dit vous vous êtes fait mal ? Et j'ai secoué brièvement la tête, de tout petits mouvements réflexes, parfaitement confus. J'ai dit non, j'ai dit ce n'est rien. J'ai dit revenons à vous, vous le voulez bien ? J'ai dit par quoi voulez-vous commencer. Elle n'a pas insisté mais je savais qu'elle n'était pas dupe. Parce que toujours ce regard habité, intelligent. Parce que ses traits en alerte, plus quelque chose dans le haut du corps, qui disait je te sais, je sais que tu vas mal.

Quelque chose dans l'inclinaison de la tête qui disait je t'ai reconnue.

Qui disait n'aie pas peur.

Je t'ai trouvée.

Machinalement j'ai porté mes doigts juste là.

J'ai senti le renflement du détonateur.

Au travers du pansement, Dorine, j'ai caressé la bosse tendre qui pointait.

Et je l'ai pressée.

Les Airelles, 12 octobre

Une fois n'est pas coutume, Dorine : je suis joie ! Il y a deux jours, Moustache a entrepris une modification de la géographie de l'espace de vie. Oui, vous avez bien lu. Pour faire simple, cette conne intersidérale, qui porte aux patients autant d'attention que celle que je porte au néon claqué du bout du couloir, s'est arrangée pour déplacer les tables. De fait, les canapés sur lesquels les quelques résidents pas totalement asociaux se regroupaient jusque-là, se sont retrouvés éloignés les uns des autres. Cette femme est atteinte, c'est officiel et définitif, et plus que tous les résidents de l'aile nord réunis, c'est bien ça le problème. Je ne sais pas exactement quel but Moustache poursuit dans la vie, mais ces temps-ci sa motivation principale semble à peu près centrée sur l'emmerdement maximum de nous autres. L'idée globale de sa géographie de mes deux – désolée, mais là, c'est juste impossible – était de limiter les regroupements. Si encore ça avait été par souci de sécurité, je ne dis pas, sauf qu'en l'occurrence c'est simplement parce Madame n'apprécie pas qu'une activité parallèle s'organise. De la lecture, Dorine, des livres ! Je n'ai pas lancé l'idée d'un atelier *Do It Yourself* fumigènes ou mines antipersonnel, il est question de R-O-M-A-N-S ! Elle a d'abord tenté d'écourter les séances en organisant des lotos parallèles – lesquels n'ont rencontré qu'un succès limité –, avant de se résoudre, en désespoir de cause, à planquer mon livre. On atteint des sommets, n'est-ce pas ? Mais rien de tout cela n'a fonctionné. En effet, c'était sans compter la vivacité d'esprit d'Armand. Notre jeune ami a visiblement développé, en plus de son toc relatif aux footballeurs, une vision périphérique particulièrement aiguë. Après quelques minutes de recherches, mon petit protégé – motivé par une soif de culture, je ne vois que ça – a rappliqué avec *L'Écume*, laquelle avait malencontreusement glissé sous un meuble… Suivez mon regard. Mais Moustache n'est pas garde-chiourme à s'en laisser conter, et dans son esprit obtus le passage à la manière forte s'est imposé. Voilà le pourquoi de cette subite « modification de la géographie de l'espace de vie ».

Chaque jour ils sont une douzaine à se presser autour de moi après le déjeuner. On a les rituels qu'on peut et celui-là en vaut un autre, surtout ici. Hier, malgré tout, mes troupes se sont approchées après le dessert – des Flamby, un scandale – et je me suis retrouvée bien embarrassée, avec ces ouailles que je n'allais pouvoir satisfaire correctement. C'est que j'y ai pris goût, moi, également. Bon, j'ai aussi et surtout pris goût à emmerder Moustache, soyons clairs. Je ne sais pas pour quelle raison exactement. J'ai la sensation que ça me tient. But absurde, oasis de ravitaillement saugrenu dans cette traversée du désert. Cette bêtise crasse me révolte plus encore que le fait de me trouver coincée ici avec mes démons. Mais reprenons, je ne me suis pas abaissée à prêcher dans de mauvaises conditions, non. J'ai réuni mon fan club au grand complet. Feuille, stylo, pétition signée par qui s'en sentait l'envie. Gros succès, projet fédérateur. J'ai transmis sans attendre le tout à la direction : on nous a libéré une salle, une heure de 14 à 15 heures, tous les jours ! De suite j'ai pensé aux représailles, Dorine. Mais si j'ai retenu quelque chose de ces derniers mois, s'il est une leçon que je me suis fait fort d'assimiler, un précepte solide qui me reste de cette parenthèse passée avec Daphné, c'est que plus jamais je ne me laisserai malmener par la vie sans réagir.

Je ne fais pas durer le suspense plus longtemps. Le soir même les toilettes de notre chambre se sont trouvées étonnamment bouchées. Le service de maintenance ? Indisponible jusqu'à la fin du week-end. Hasard ? Coïncidence ? Évidemment, j'y crois autant qu'à une soudaine et durable paix mondiale.

Mis à part cet événement d'envergure, une pointe de sarcasme ne fait jamais de mal, j'ai vu que vous aviez pointé dans la marge les passages dans lesquels j'évoque Daphné. Vous l'ignorez peut-être, dans la mythologie grecque, Daphné incarne une nymphe à la beauté sidérante. Au risque de vous décevoir, je ne sais cela que parce qu'enfant ma marraine m'avait offert une poupée affublée du même prénom. L'une des poupées les plus fascinantes et effrayantes que la terre ait portées, un cran, croyez-moi, au-dessus de Barbie et consorts, une poupée de porcelaine absolument pas conçue pour jouer. Juste censée exister par son imposante présence. Daphné précieuse et fragile, objet de convoitise pour mes amies. Dans mon esprit, les autres jouets la détestaient. Moi-même ne débordais pas de tendresse pour cette perfection, mais le fait est que Daphné dominait tout de même ma chambre du haut de son étagère, de son air aussi conquérant que hautain. Même Charly ne se risquait pas à y toucher. Ce genre de cadeau devrait par ailleurs être interdit. Ce serait comme installer au milieu d'une cour d'école un toboggan clouté. Enfin peu importe, lorsque Daphné s'est présentée devant moi, la poupée m'est revenue en mémoire et je ne pouvais nier que la femme qui se tenait devant moi avait au moins autant de classe que la Daphné de porcelaine de mon enfance. Bien sûr, l'humaine revendiquait des soucis autrement plus sérieux qu'un dépôt de poussière et un œil coincé lorsqu'on l'allonge. Je me demande si mes parents l'ont conservée. Mal à l'aise avec mon enfance, j'ai toujours assuré que je tenais à ne rien garder. Et je peux vous certifier que cette poupée aurait été le dernier jouet que j'aurais souhaité sauvegarder.

Les Airelles, 13 octobre

Je tourne en rond. Vous évitez ce sujet lors de nos séances, mais je suis consciente que l'idée de ma sortie confinera au mirage tant que je ne serais pas prête à renouer le dialogue avec mes proches. Pour ce qui est des visites, pour le moment c'est au-dessus de mes forces. Je me sens honteuse, à vrai dire. Mal à l'aise, pour être honnête. Comme vous le savez, l'oral est devenu si compliqué… C'est bien pour cette raison que vous avez suggéré ces carnets.

Avec Ruben, les entrevues se déroulent pourtant simplement, c'est vrai, et cela me permet de rester confiante et me fait du bien. Je pense que cet apaisement tient à lui. Ruben est encore suffisamment innocent, assez optimiste sur la nature humaine. Il porte encore en lui des restes de cet instinct du fond des âges, n'a pas encore vissé sur ses focales les filtres que nous positionnons sur nos regards. Peut-être que je me raconte des histoires, peut-être que Ruben fait tout simplement preuve d'indulgence envers une mère qui déraille. Nos sujets de conservation tournent autour de banalités, je ne parviens pas encore à évoquer ce qui s'est passé durant ces quelques jours passés avec Daphné.

Mes amies comprendront que je ne souhaite pas les recevoir ici, dans ce contexte. Je les crois fidèles. Peut-être suis-je dans le faux, mais il me semble qu'elles ne seraient pas venues me chercher, qu'elles n'auraient pas agi comme elles l'ont fait, si elles ne tenaient pas sincèrement à moi.

Mes parents n'ont pas fait de nouvelle tentative, aucun nouveau passage en force à signaler, il faut dire que l'incroyable prestation de Véronique, ma colocataire, a dû sérieusement les refroidir. Je ne rêve pas, le répit ne sera que de courte durée. Et Simon. Je ne sais comment me comporter ou agir, et encore moins avec lui. J'imagine qu'il faut du temps, qu'il faut que l'un et l'autre nous tâtonnions encore.

Vous savez, à propos de ces doutes, de ce détonateur qui a éclos… J'avais beau me rendre compte que le compteur s'emballait follement, voir que le paysage se mettait à défiler à une vitesse excessive, j'y suis tout de même allée. J'ai consciemment suivi Daphné. Je n'aurais jamais imaginé perdre le contrôle de ma vie dans ces proportions.

À la fin de la première séance, je me suis trouvée sidérée par l'intensité de l'heure que nous venions de partager. À ma décharge je n'ai rien proposé, c'est Daphné qui a annoncé qu'elle pouvait revenir. Deux jours plus tard, même heure, si bien entendu je me trouvais disponible. Je me suis entendue répondre oui. Mon généraliste m'avait arrêtée et je n'avais pour ainsi dire rien à faire. Durant ces quarante-huit heures je n'ai plus pensé qu'à ce rendez-vous, cette visite s'est mise à m'obnubiler : comme allais-je me sortir de cette position ? Devais-je décommander entre-temps, faire la morte ou encore avoir le cran d'avouer la supercherie en face-à-face ? Je me sentais si affreusement coupable. J'étais déjà allée trop loin, mon comportement était ridicule et impardonnable, mais, tout à la fois, la situation avait quelque chose de terriblement excitant. Je suis certaine que vous êtes en mesure de comprendre ça, Dorine. L'insensé donnait du sens, et c'était bon, et c'était grisant. Sortir des clous. Enfin.

C'est Daphné qui m'a tirée des sables mouvants. Au tout début du simulacre de deuxième séance, alors que je tentais d'imbriquer des mots maladroits afin d'expliquer l'inexplicable, ma *patiente* s'est mise à rire. Elle avait compris que rien ne tournait rond à la toute fin du premier acte. En sortant du rendez-vous, Daphné avait vérifié l'adresse, les coordonnées, et compris son erreur. Appelé l'amie d'amis qui avait confirmé un départ en retraite de ma tante et la reprise de sa patientèle. Et bien sûr elle avait senti, le détonateur et le reste, ma gêne et mon envie d'autre chose qui occupait toute la pièce.

Quand son rire s'est éteint, j'ai attendu les plaintes, les remarques légitimes, mais rien n'est venu. Nous

nous sommes installées dans un silence qui n'avait rien de déplaisant, pour tout vous dire. J'avais prévu des excuses, plutôt plates et rasantes, je n'en ai pas eu besoin : quand le silence s'est fissuré nous nous sommes mises à parler, et ce plusieurs heures durant. Du bureau nous sommes passées au salon, de celui-ci au séjour et pour finir, à la cuisine. Là où je faisais le constat d'une existence étriquée, jalonnée de remords, de petitesse et de manque d'ambition, Daphné enviait la stabilité, louait les vertus de la tranquillité. Je maudissais les contraintes de la maternité ? Les affres des adolescents, la charge d'une famille ? Elle pleurait le fait de n'avoir jamais pouponné et ce sentiment de solitude dont elle ne parvenait à se défaire. J'enviais son travail de photographe, sa capacité à quitter le territoire sur un coup de tête. J'expliquai mes rancœurs de couple, ma vision racornie de l'amour, elle disserta un moment sur une longue liste de conquêtes toutes plus insatisfaisantes les unes que les autres. J'apprenais ses activités humanitaires, son implication en faveur de causes auxquelles j'avais à peine prêté attention. J'étais étriquée, Daphné n'avait ni Dieu ni maîtres, pour autant nous n'étions heureuses ni l'une ni l'autre. Je n'avais pas de but, elle avait perdu de vue les siens, trop nombreux.

Et puis, le soir est venu à notre rencontre, le temps s'est gentiment distendu dans l'appartement de ma tante. Nous avons fouillé les placards, commandé de quoi dîner, ouvert une bouteille, puis une autre.

Et puis, la nuit nous a trouvées, l'euphorie insensée de la mélancolie a brouillé nos chagrins, une brise magique a mélangé nos peines et nos plaintes, nous ne savions plus vraiment comment nous en étions arrivées à cet échange-fleuve, comment nous nous étions trouvées, les mots de l'une remettant l'autre d'aplomb le temps de quelques secondes, les rires de l'une distillant un peu d'espoir dans l'air, insufflant des raisons de se tenir droites un temps encore.

Et puis, le sommeil est venu nous consoler, quand les silences ont pris à nouveau plus de place que les théories sans queue ni tête. Daphné sur le canapé, moi sur l'épais tapis du salon, nous avons laissé l'alcool achever de nous engourdir.

Les Airelles, 14 octobre

Il y a tant d'amours. Différentes sortes d'amour. Tant de degrés, de niveaux, de nuances. De grades, de sous-classes. L'amour inconditionnel, d'une mère, celui d'un père. L'amour que je porte à mon fils, à mes parents, celui que je reçois de mes chères amies, l'amour du conjoint. L'amour qui fluctue, au cours de la vie, qui peut se parer de dorures ou ternir, il étincelle tantôt pour devenir indécelable à l'œil nu un peu plus tard. En d'autres circonstances, en des humeurs différentes. Après des épreuves. Parfois, il faut se fier à d'autres sens pour se persuader qu'il reste quelque chose, se convaincre, nourrir le sentiment. Mais il arrive aussi que l'amour se tire pour de bon, d'un coup, hop. Parfois, miracle, on réalise subitement en éprouver.

Je ne pourrais décrire précisément le lien qui m'unit à Charly. Mon frère a tout juste un an de moins que moi et j'ai toujours ressenti pour lui autant d'agacement que d'admiration et d'affection. Il suffisait que je débute une activité, un sport, pour que Charly me surpasse en quelques heures à peine. Badminton, peinture ou corde à sauter ? Bien meilleur, quoi qu'il en soit. Mais n'allez pas imaginer que c'était dans le but de me voler la vedette. C'est un simple état de fait. Nous ne jouions pas dans la même catégorie et lorsqu'il réalisait que ce constat pouvait me peiner, il abandonnait purement et simplement l'activité. Le prof de tennis, qui avait perçu son potentiel, insistait pour le prendre sous son aile ? Charly s'est opposé tout net à la poursuite des cours, me permettant de végéter dans ce domaine quelques années… Charly, c'est un fou rire nerveux, c'est marcher sur un chemin de crête et ne pas savoir si l'on va rouler sur le versant des larmes ou flâner sur celui, en pente douce, du rire. Charly, c'est le seul que je recevrais volontiers ici, durant ce temps suspendu, ce séjour forcé aux Airelles. Seulement il est en vadrouille, une fois de plus. Charly a une vie, lui. Une *vraie* vie. Entière et qui fait sens. Irrégulière, régie par son activité de journaliste qui l'a souvent amené à voyager, mais une existence pleine et débordante. Charly, c'est l'escalade et l'alpinisme aussi, et tout ce qu'il entreprend est rythmé par le prochain but fixé, la prochaine ascension. Ses échéances sont orchestrées par le vertige de la liberté au sens propre du terme. Il aimerait gravir les *Seven Summits* avant ses quarante ans. J'ignorais le terme avant qu'il ne me l'explique. Il s'agit des montagnes les plus élevées des différents continents. Voilà, Charly, c'est ce genre de personne… Vous vous lancez dans le yoga et abandonnez au bout de deux séances ? Lui a déjà gravi cinq des plus hauts sommets du monde. Cette fois il est question du Puncak Jaya, Indonésie. Il saurait apaiser la situation, encourager Simon et mes parents à relativiser. Je crois qu'il s'amusera de cette affaire. Il sera surpris, ça, c'est certain, je ne l'ai pas habitué à tant d'action ! Peut-être qu'il sera fier de moi. Je devrais sans doute lui écrire mais recevra-t-il mes lettres ?

Le parc est agréable. Moi qui ne marchais que d'un pas pressé, écouteurs vissés aux oreilles, j'apprends à flâner. Armand m'accompagne de temps à autre, attention, je l'y autorise s'il garde le silence ! Les fois où il se lance dans ses insupportables litanies footballistiques, je refuse tout net. Il le comprend, je crois. Enfin peu importe, ça rendrait dingue un fou, vous n'avez pas idée. Véronique, en revanche, ne met pas le nez dehors. Pour faire simple, elle quitte très peu notre chambre. Écoutez… il se peut aussi que je me fasse des films, mais je suis très inquiète à son sujet. Dorine, je ne sais pas comment amener cela. Je me trouve dans une situation inconfortable en réalité. Je voudrais que vous me disiez si ce que j'écris ici est soumis au secret médical.

Bon, il semble qu'on soit arrivé au moment où je vous annonce avoir reçu une lettre. Une lettre de Simon. Elle est arrivée aux Airelles, par la poste. Ça m'a émue, c'est idiot. Un joli timbre, un village de Provence, avec de la lavande et un mas. J'ai pleuré un peu. Je n'avais pas pleuré depuis si longtemps. *Grosso modo*, Simon s'excuse de ne pouvoir me rendre visite, c'est, paraît-il, au-dessus de ses forces. Je suis déjà heureuse qu'il en ait eu suffisamment pour prendre la peine de poster cette lettre. Il n'y a rien d'hostile dans ce courrier et j'imagine que c'est une bonne nouvelle. Il raconte le quotidien d'une vie avec notre fils, évoque à peine le travail, et élude tout à fait les événements. C'est une de ces lettres où il ne faut lire qu'entre les lignes : il vient en paix, ou à peu près.

Les Airelles, 15 octobre

Fin mai. Au matin du simulacre de deuxième séance, j'ai été réveillée par ce bruit infernal qu'émettent les cafetières à capsules. J'avais passé la nuit sur le tapis, recouverte d'un plaid. Une gueule de bois carabinée s'obstinait à malmener mes tempes à coups de masse ou de burin. Je cherchais encore à mettre bout à bout les derniers éléments qui flottaient dans ma mémoire quand Daphné émergea dans mon champ de vision. Une apparition. Si je n'avais pas passé la soirée, et pour ainsi dire la nuit en sa compagnie, jamais je n'aurais imaginé qu'elle comptabilise un si petit nombre d'heures de sommeil à son actif. Rayonnante, énergique, déjà un trait de rouge sur les lèvres. Elle dévora l'espace qui nous séparait à grandes enjambées pour me tendre un mug fumant. En quelques phrases, Daphné dissipa l'absurdité de la situation. Pour elle, nous nous étions épanchées, révélé des fragments jusque-là dissimulés à nos proches, des secrets étaient sortis de leurs boîtes… Et après ? Ainsi soit-il.

Pourtant, je me souviens d'avoir fixé Daphné et de m'être trouvée gênée de cette intimité soudaine.

La veille, les verres s'additionnant, le fait que nous partagions tant, alors que nous étions des inconnues l'une pour l'autre, ne m'avait pas choquée. À la lueur du jour, l'embarras prenait le dessus. Pas la peur, non. Pas encore. Et puis Daphné a pris les choses en main. À ce propos, je réalise qu'à chaque nœud rencontré elle s'est montrée décisionnaire, à chaque croisement elle a choisi le chemin que nous allions emprunter, je n'ai fait que suivre la manœuvre. Elle m'a tendu la main pour que je me relève, a désigné d'un bref mouvement de tête un verre d'eau et une plaquette de gélules de paracétamol, avant d'annoncer qu'un bain m'attendait. Étrange, mais mon corps et ma tête malmenée ne rêvaient que de ça, pour être honnête. Sans attendre une objection que je n'étais pas en mesure de formuler, Daphné a déclaré qu'elle me réservait une surprise, pour me remercier de mon accueil et aussi de mon soutien. Puis, me poussant littéralement vers la salle de bains, elle a attrapé son sac et son trench, m'a salué d'un clin d'œil et a disparu.

Ce qui est drôle, Dorine, c'est que je ne me suis pas posé la moindre question. D'abord je me suis assurée que mon sac à main se trouvait toujours là, d'autant plus que la veille j'avais vendu mon scooter. Rien n'avait bougé. J'avais exigé du liquide de l'acheteur, et la somme exacte se tenait toujours dans l'enveloppe brune que celui-ci m'avait confiée. Cela m'a rassurée. J'avais là le gage de l'honnêteté de Daphné.

Je me suis rendue dans la salle de bains, débarrassée de mon jean, de ma chemise et j'ai respiré. Durant quelques instants, j'ai observé la femme dans le miroir tacheté par de petites projections de dentifrice. J'ai souri à mon reflet, comme pour le prendre à témoin, comme pour lui dire non mais c'était quoi cette soirée, t'as vu ça ? N'importe quoi. Elle est plutôt sympa, non ? En plus d'être fascinante, elle est attachante. J'ai fait glisser mes sous-vêtements au sol avant de m'immerger lentement dans l'eau du bain. Méprisant la nausée et la tête lourde, j'ai savouré. Oui, je me suis délectée du fait de me trouver là, à cet instant précis. Ne pas se rendre à la pharmacie, aucun compte à rendre, cuver mon vin tranquillement. Une certaine idée du bonheur. Et j'ai somnolé bien vite, autorisant les vapeurs d'eau chaude à disperser les interrogations qui se tenaient non loin.

Je ne sais pas combien de temps s'est écoulé avant que je ne perçoive du bruit. Une demi-heure, peut-être ? En tous cas assez longtemps pour être totalement désorientée, dans cet appartement de prêt, dans cette baignoire transitoire, et après cette nuit pareille à nulle autre. Lorsque Daphné a lancé un tonitruant « je suis là », j'ai sursauté, plus tout à fait certaine d'avoir réellement partagé ces moments avec elle, et à la fois rappelée à l'ordre par une magistrale gueule de bois. Puis je me suis souvenue de son brusque départ et de cette surprise annoncée. Je suis sortie en vitesse de l'eau, réalisant que

Daphné avait dû s'emparer des clés de l'appartement pour pouvoir y pénétrer sans avoir à sonner. Ébahie par tant de culot, j'ai vite enfilé un peignoir tandis que Daphné, telle une gamine, piaffait d'impatience dans le salon. Elle se tenait là, raide comme un piquet, et se frottait les mains comme avant un bon repas. Sur son visage, l'excitation faisait tressauter les quelques rides qui dansaient autour de ses yeux lorsqu'elle souriait. Daphné, se dandinant désormais sur place, semblait attendre que je la questionne. J'ai intérieurement prié pour qu'elle ne se soit pas mis en tête de me fourguer un animal de compagnie, et ai souri niaisement jusqu'à ce que je remarque une valise à roulettes, stationnée tout à côté du canapé de Françoise. À ce moment précis j'ai commencé à me sentir à l'étroit, physiquement j'entends. Une gêne à la respiration, le sentiment que le château de cartes menaçait de s'effondrer. Daphné a perçu mon trouble et ses traits se sont alors étirés en point d'exclamation.

— Mais quelle idiote je fais ! Pas de panique, Mathilde ! Ne crois surtout pas que je m'incruste ! Loin de moi l'idée de squatter…

Puis, le temps pour moi de reprendre mes esprits, de réajuster la ceinture du peignoir de bain :

— Fais ta valise. On part voir du pays.

Sur cette annonce, Daphné se dirigea vers la cuisine, décrétant qu'il nous fallait un autre café, bien serré.

Et voir la mer, aussi.

Les Airelles, 16 octobre

Merci, Dorine, d'avoir pris le temps de me rassurer sur le point, épineux s'il en est, du secret médical. Chacun a ses petits soucis aux Airelles, voyez-vous, et je ne voudrais surtout pas qu'il arrive à Véronique des ennuis par ma faute.

D'ailleurs si je vous parle de ma colocataire, c'est uniquement parce que vous trouvez intéressant que je laisse libre cours à mes pensées sur ces carnets, que vous jugez que c'est utile pour accéder aux autres souvenirs. Ceux tapis en sous-sol. Bref, Véronique se trouvant être la personne avec laquelle je passe le plus clair de mon temps, il ne me paraît pas insensé d'analyser ses faits et gestes, au moins un minimum. Depuis son arrivée, elle restait mutique, un modèle de carpe. Quelques cris par-ci, par-là, et en des circonstances particulières comme cette fois où mes parents se sont déplacés, mais à part cet épisode, silence vocal. Eh bien ce n'est plus tout à fait vrai, Dorine, encore une fois, je m'excuse d'insister, je ne serai pas celle par laquelle les ennuis arrivent.

Je disais donc cela, mais ce n'est plus tout à fait vrai. Ce changement est très récent. La semaine dernière, comme à son habitude, Véronique me regardait noircir les pages de ce carnet. Au début, cette manie me dérangeait franchement. Vous imaginez bien qu'il est très désagréable de se sentir observé, mais, miracle de la résignation, nous avons ici l'exemple que l'on finit vraiment par se faire à tout puisque j'arrive désormais à occulter le fait que Véronique se tienne sur son lit alors que je suis penchée sur le bureau. J'ai instauré ce que l'on pourrait appeler un rituel : je mets mon casque, lance un fond musical avant de coucher ici ces divagations à but thérapeutique. Il y a quelques jours, lorsque j'en ai eu terminé avec les réflexions du jour, Véronique s'est animée. Elle m'a adressé un clin d'œil appuyé avant de m'inviter à m'approcher d'un geste de l'index. Quand je me suis trouvée tout à côté d'elle, elle a susurré d'une voix grippée :

— J'en ai des secrets, moi aussi.

Quel choc d'entendre un muet parler ! Je me serais plus facilement attendue à ce que Moustache me demande en mariage qu'à cette éventualité... Ma première réaction a été de me défendre d'avoir des choses à cacher. C'est curieux, mais vous l'avez sans doute déjà remarqué, on nie toujours par réflexe lorsqu'on est pris de court. On se disculpe toujours de ce qu'on nous prête si le sujet est trop personnel. Passé cette première étape, je lui ai fait part de ma surprise, ce qui a fait paniquer Véronique.

Elle m'a aussitôt suppliée de n'en parler à personne. Oui, a-t-elle repris, si tu ne tiens pas ta langue, je parlerai de tout ce qu'il y a dans tes carnets. Devant mon air scandalisé elle a tempéré ses propos. Elle n'avait fait que survoler, j'avais une écriture alambiquée et puis ce n'était pas formidablement intéressant, mis à part certains rares passages. En tous cas, pas à son goût. Elle est beaucoup plus romance, voyez-vous. Ce qu'elle aime, Véronique, ce sont les lectures à l'eau de rose. Bon, je vous fais grâce du reste de cette surréaliste conversation, mais le fait est que Véronique me parle un peu désormais. Uniquement dans l'angle mort de la chambre et à voix basse. Au cours de ses délires, elle se dit parfois surveillée. Un savant mélange de théorie de complot, d'écoutes internationales et de messages codés. Je suis mal placée pour juger quiconque, étant donné mon rond de serviette à la table de cet établissement, cependant il semble évident que Véronique est d'un genre fragile…

J'ai des nuits un peu plus compliquées encore depuis tout ça. C'est d'imaginer que Véronique ait pu déambuler dans la chambre lorsque je dors puisqu'elle m'a avoué les avoir lus durant la nuit. À présent, en plus d'être dérangée par les tours de garde, je sursaute au moindre bruit. Pour autant, je ne veux pas que vous m'assommiez plus de somnifères que je ne le suis déjà. En échange de mon silence, j'ai négocié que Véronique ne fouille plus dans mes affaires. Je ne suis pas certaine qu'elle prenne tous ses comprimés.

Je sais, j'insiste, mais que l'envie de balancer ne vous prenne pas, Dorine… Sinon à mon tour je ne jouerai plus le jeu. Véronique n'a pas la moindre visite, je ne sais pas si elle les refuse ou si elle n'a pas de famille. À ce propos, je suis censée rencontrer le juge tout bientôt, pour faire « un point sur la situation ». Vous m'aviez prévenue, c'est vrai, ça m'était sorti de la tête. Quelque chose d'assez ambivalent se joue en moi. Bien sûr je rêve de quitter cet endroit, de reprendre un quotidien plus classique, et tout à la fois j'appréhende les réactions des miens à ma sortie. Oui, je crains leur jugement… Pour autant, rester ici n'est pas la solution, vous le savez tout comme moi. Sans compter les cris. On n'imagine pas les cris. Intempestifs, inattendus, en pleine nuit, à tout moment. On n'imagine pas les pleurs, les souffrances de ceux qui sont devenus bon gré mal gré mes camarades. Les sensibilités ô combien exacerbées, les failles abyssales et les peurs incommensurables. Je ne suis pas imperméable vous savez, tout cela me touche, tout cela m'atteint, commence à passer les protections que je tends, pourtant. Le juge veut faire le point ? S'il est un point commun à tous, en ce lieu, c'est bien l'ultrasensibilité. Tous les résidents ici présents n'ont su ou pu gérer cela. On devrait nous l'enseigner à l'école…

Dorine, la pierre angulaire pour traverser l'existence n'a rien à voir avec l'éducation. La tâche la plus complexe ce n'est pas d'avoir les codes, le secret n'a aucun lien avec les quantités de connaissances emmagasinées, non.

Le plus difficile pour survivre, c'est de parvenir à porter à bout de bras sa sensibilité.

De la garder intacte, de la protéger des obstacles.

De la sauver des agressions extérieures qui pleuvront sans discontinuer.

Du premier cri jusqu'au dernier souffle.

Les Airelles, 19 octobre

Il y avait une lumière étonnante dans le parc aujourd'hui. Il faisait particulièrement doux pour la saison. Je suis restée longtemps assise, tout au fond. Vous voyez certainement de quel endroit du parc je fais mention ? Lorsque l'on quitte rapidement l'allée principale par la droite, après avoir longé la roseraie sur une centaine de mètres, là, derrière une dizaine de chênes rouvres, se trouve un banc esseulé.

Du temps où j'évoluais au-dehors (je préfère cela plutôt « qu'en liberté ») je ne supportais pas que l'on me rebatte les oreilles d'instant présent, de méditation et de respiration profonde. Vous prendrez bien un peu d'ici ou une louche de maintenant ? Je souriais poliment en pensant « quel ramassis de niaiseries ». Comme si on nous donnait une notice pour apprendre à marcher quand on est petit enfant ! Cela dit, aux Airelles, je n'ai d'autres choix que de reprendre certaines bases... En réalité, je n'ai plus que cela à faire. Le temps passe et je l'observe passer. Postée sur mon banc, j'observe le vent qui caresse les herbes hautes, je considère patiemment les verts et les marrons de l'automne, je sens la mousse, les odeurs d'écorce. Oui, je me reconnecte peu à peu avec le réel. Vous devez vous réjouir de lire que je deviens contemplative !

Mais là n'est pas la question : la lumière. J'ai repensé cet après-midi, par association d'idées, à la lumière du jour où Charly nous a présenté Barbara. Pourquoi ai-je relié ce moment à cette lumière ? La mémoire a ses secrets elle aussi, ceux-là même que vous cherchez à percer, n'est-ce pas ? Eh bien, à peu de chose près, il s'agissait d'une ambiance proche de ces couleurs. Dans ces tonalités, dirons-nous. Et, plus que tout cela, de ce qui se jouait dans les yeux de mon frère lorsqu'il a débarqué dans le jardin de nos parents. Ses yeux étincelaient, empreints d'une vague nitescence, j'ai su. J'ai su que c'était elle. Que c'était la bonne, comme on dit. Qu'il avait finalement mis la main sur sa moitié alors que cette idée n'est plus de nos jours qu'une expression toute faite. Barbara, qui marchait à sa suite, est apparue à son tour porteuse du même éclat dans les iris. Vous la verriez… Barbara est d'une beauté rare et si elle peut parfois paraître fragile, il n'en est rien. Il m'a suffi d'un regard pour confirmer ce que je pressentais, ils s'étaient trouvés. Non loin de moi, Simon, Ruben et mes parents ne cachaient rien de ce qu'ils ressentaient eux aussi, tout autant impressionnés que conquis.

Charly n'avait que rarement ramené des conquêtes chez nos parents. Il préférait jusque-là vivre ses amours de façon confidentielle, d'autant que celles-ci duraient rarement plus de quelques mois... Disons que Charly ne sacrifiait rien à sa liberté de mouvement, rien à ses passions. Je ne saurais vous dire s'il rompait ou bien si ses relations s'éteignaient d'elles-mêmes, le fait est qu'un jour pas fait comme un autre, un nouveau prénom surgissait dans la conversation, en chassant un autre. Nous ne questionnions pas mon frère à ce sujet, nous prenions ce qu'il choisissait de livrer. Et puis Barbara... À compter de ce jour, Barbara fut des anniversaires, des réveillons. Barbara fut des barbecues et de tout ce qui constitue une famille, qui la cimente.

La lumière disais-je, cette même lumière, ou si peu différente, cet après-midi dans le parc. J'ai repensé justement à ces présentations. C'est que nous étions au moins aussi fébriles qu'eux! Ma mère avait fait sa traditionnelle – et non moins excellente – blanquette de veau, et mon père, comme à son habitude, hésitait encore entre plusieurs bouteilles au moment de servir. Tout ça pour les ouvrir toutes en définitive... Ruben, du haut de ses onze ans, conversait avec un sérieux exagéré avec celle qui devenait sa tante. C'était une sorte de tableau, très film d'auteur français, très Sautet, limite Chabrol. On sortirait sans doute un vieil armagnac à la fin du repas, qui se poursuivrait, à n'en pas douter, loin dans l'après-midi. Charly ouvrit le champagne sans maintenir le bouchon, pour énerver mon père et pour faire rire ma mère. Alors, je me souviens avoir traîné mon cœur jusque dans la cuisine. Ce n'est pas rien

Dorine, laisser partir son frère. Ce n'est pas anodin, très signifiant au contraire, en tout cas pour moi. Jusqu'alors je ne m'étais pas inquiétée, je restais quasiment la femme de sa vie. Désormais il faudrait compter avec Barbara. À la demande de Ruben, j'avais préparé un énorme saladier de mousse au chocolat. Bien sûr, on sortirait la salade de fruits pour ne pas se sentir trop coupable des ventres tendus, des ceintures qu'on recule d'un cran, de l'ivresse, mais le chocolat c'est la vie, Dorine, vous serez d'accord avec cette évidence, sans le moindre doute. Tout était prêt, il n'y avait plus rien à faire en cuisine, je me devais d'être sur la terrasse, avec eux. Avec elle. C'était au-dessus de mes forces. Il me fallait une excuse pour conserver quelques secondes, quelques minutes encore, mon statut d'avant les présentations. Alors j'ai entrepris de sortir de jolis ramequins. Une belle porcelaine, fine et blanche, de beaux détails. Quelque chose du côté maternel, le cadeau d'une vieille tante, il me semble. Religieusement, je me suis mis à répartir la mousse dans le premier récipient, à la lisser. Puis les gestes sont devenus mécaniques, je ne pensais plus à rien qu'à cette surface, je m'appliquais comme jamais. Je n'ai pas entendu Charly arriver derrière moi, j'ai sursauté quand il a enserré joyeusement ma taille de ses mains. J'en ai lâché le ramequin. Sous nos yeux il a rebondi sur le plan de travail, une fois, deux fois, sans casser. À la troisième la porcelaine a volé en éclats, projetant de la mousse au chocolat un peu partout. Nous sommes restés tous deux immobiles quelques instants avant de réagir. Charly a rassuré ma mère qui s'inquiétait du bruit puis il s'est mis à rassembler les plus gros morceaux. J'ai attrapé une éponge et me suis enfin mise à rire devant l'étendue de la catastrophe, ramenant un peu d'oxygène dans la pièce par la même occasion. La belle cuisine blanche totalement mouchetée, une vraie scène de crime cacaotée. Mon frère s'est excusé de m'avoir surprise. Mais il voulait me voir, seul à seule, il voulait mon avis. T'en dis quoi, Mathilde ? Hein, t'en penses quoi ? Dis-moi que tu vas l'aimer, Mathilde, dis-moi que tes ressentis sont bons ? Parce que c'est du sérieux, cette fois, elle n'est vraiment pas comme les autres. Je crois bien que je suis amoureux. Je veux que tu la trouves bien, Mathilde, ton avis est celui qui surpasse tous les autres, et tu le sais. Et je le savais, Dorine. Et je savais tout ça, aussi, je le sentais, ça se voyait, la lumière je vous dis. Ça irradiait partout. Ça irradiait de partout. Et mon cœur se ratatinait, émue et triste que j'étais, ça irradiait de partout, ça filtrait, ça suintait, je le sentais qu'il l'aimait, que c'était différent, pas pareil, plus jamais pareil. Je le sentais qu'il allait m'échapper et que cet événement ne résonnait pas en moi comme il aurait dû. Non, ça ne *raisonnait* pas en moi comme ça aurait dû. Ne me jugez pas, Dorine, je sais que je n'aurais dû être que joie, mais ce n'était pas le cas. C'était une perte sèche. Un arrachement, une dissection sans anesthésie. La peur de l'inconnue, la perte de contrôle pure et simple, mais si complexe. Pourtant oui, j'aime énormément Barbara, mais comprenez-moi bien : elle venait me voler mon frère, elle venait le ravir comme ça, entre la blanquette et le fromage. Elle serait des barbecues, des anniversaires, des Noëls et de tout ce qui cimente une famille, voilà. Elle opérait tranquillement son rapt et le tout sous les meilleurs auspices, les proches riaient aux éclats. Même Poppy, ce traître de vieux labrador, s'était couché à ses pieds. Et Charly qui attendait que je m'exprime. Charly qui était littéralement suspendu à mes lèvres, lèvres que je gardais serrées, si serrées, Dorine, en théorie absorbée par les coups d'éponge censés redonner à la cuisine de mes parents un aspect décent, et à moi une contenance. J'ai dit la vérité. Mes yeux ont harponné les siens, mes yeux ont tenté de passer par-delà toute l'émotion et la lumière qui embrumait ceux de mon frère. Et j'ai dit la vérité. J'ai dit oui, je la sens bien cette fille. Comme ça au premier abord, elle paraît formidable. J'ai dit tu vas me manquer mon salaud, ce n'est pas gentil de faire ça à ta grande sœur, j'ai dit si elle te fait souffrir elle ne sait pas ce qu'elle encourt. Et Charly s'est mis à rire. Il m'a serrée fort, si fort, je sens encore son étreinte fraternelle, et dans cette embrassade il y avait toute la chaleur de nos bagarres, celle de nos câlins, de nos disputes passées, des chuchotements les soirs d'orage lorsqu'on insistait pour dormir sous le préau et de tout ce qui tricote nos liens. Il a ri, et dans ce rire, il y avait du soulagement et de la joie, il y avait de l'espoir et tout l'avenir de son monde.

Ce rire me faisait entrer dans le passé, moi. J'allais être rangée un peu plus entre la nostalgie et les souvenirs. Et puis Barbara. Et puis une autre vie, pour lui, qui commençait là, dans ce jardin, sur cette terrasse. J'ai dit la vérité, j'ai dit tu m'abandonnes, mais c'est la vie, ce n'est pas forcément mieux ainsi, mais c'est la vie. Il m'a serrée encore plus fort et il a dit il y a pas deux sœurs comme toi. J'ai répondu que c'était un peu facile comme compliment, si c'en était un, parce qu'il n'avait pas matière à comparer. Il a dit je suis heureux, si tu savais, heureux, et je veux que tu le sois pour moi. Au moins autant que moi. Il a dit ne t'inquiète pas je serai toujours là pour toi, ça ne changera rien, ce sera même mieux, tu verras, on partagera plein de choses nouvelles. J'ai dit la vérité, Dorine, et prié pour que tout se déroule comme il le promettait. Je ne pensais pas qu'il mentirait. Je lui ai dit file les retrouver, je termine les mousses et je vous rejoins. Il a dit tu le sais que tu comptes, Mathilde, tu le sais, hein ? Parce que Charly est le seul à me connaître jusqu'aux tréfonds de mon âme. Parce que Charly ce jour-là savait ce qu'il m'en coûtait d'ouvrir mon cœur à Barbara, de le partager. Charly sait tout, toujours tout.

Charly est allé retrouver Barbara et les autres. Poppy a aboyé, Poppy a toujours préféré Charly. J'étais heureuse d'avoir cette cuisine à nettoyer, cet alibi pour prendre le temps de ravaler mon indécent chagrin. Une à une j'ai attrapé les petites écailles de porcelaine, trié les morceaux, épongé la mousse dispersée. Je regardais à chaque passage l'éponge s'éclaircir sous le filet d'eau tiède et cette vision me soulageait. On pouvait encore agir, ici bas, encore nettoyer, laver, ôter les traces des drames, des mousses au chocolat explosées. Je suis revenue au saladier, il fallait que je termine ce que j'avais commencé. Il fallait remplir les autres ramequins. Parce que la salade de fruits ça va cinq minutes, mais le chocolat c'est la vie. Sept ramequins désormais. Compter Barbara, à partir de maintenant. Heureusement Ruben avait insisté pour qu'on en fasse une quantité considérable, Simon avait dû retourner acheter des œufs. Le saladier était énorme, appétissant. J'ai bien vu, Dorine, que quelques éclats de porcelaine avaient atterri dans la jatte de mousse au chocolat. J'ai fait attention. Je les ai isolés, pour ne pas qu'ils contaminent le reste. Nous avons passé un déjeuner tellement agréable, on se serait cru dans un Sautet, ou un Chabrol, je vous assure.

Il faisait chaud, mais il y avait suffisamment de vent pour que l'air soit respirable. Pas de moustiques non plus, ce qui, vous en conviendrez, est appréciable. Le repas a traîné, et aucun de nous n'avait envie d'en finir avec cette langueur. Quand est arrivé le moment du dessert, que Barbara s'est levée d'un bond, la langue en sang, quand elle a porté la main à la bouche, que ses yeux dépourvus de lumière, cette fois, mais plutôt pleins d'une détresse assez touchante, s'enquérirent de Charly, nous avons tous été bien embêtés.

Rien de méchant, mais manque réel de chance, vous serez d'accord avec moi.

Cela dit, c'est exactement le type d'anecdote que l'on ressort, au repas de Noël, aux anniversaires, aux barbecues. Les petites histoires qui reviennent, de façon récurrente, comme une musique connue de tous. Le genre de choses qui cimentent une vie de famille.

Les Airelles, 20 octobre

Vous avez déjà filé à l'anglaise ? J'aime beaucoup cette expression. Les Anglais emploient son exact opposé : *To take French leave*, plutôt cocasse, n'est-ce pas ?

Pour être honnête, je n'ai pas su comment réagir, fin mai, quand Daphné, totalement décontractée, a fait état de ses plans. Elle semblait si sûre d'elle. À l'entendre, tout paraissait tellement facile. Elle répétait pourquoi pas, Mathilde, pourquoi pas? Trouve-moi une seule bonne raison de refuser. J'ai cherché, je vous assure, mais je n'ai pas trouvé l'ombre d'une objection à lui opposer. Quelques réticences pour la forme, plutôt d'ordre organisationnel, rien de plus.

C'était vrai, rien ne me retenait à Paris. J'étais tout à fait en mesure de partir quelques jours, d'aller voir la mer, la montagne, peu importe. Ensuite, pourquoi le faire? Daphné avait réponse à tout. Notre rencontre tenait du miracle, nos deux solitudes allaient se tenir chaud, se consoler l'une l'autre. Et puis nous allions nous marrer un peu! Nous l'avions bien mérité, non? Ce n'était pas faux. Je n'avais pas ri depuis des lustres, je ne voyais pas d'issue à mon mal-être. L'homme à la mèche n'avait été qu'un mirage, mon souci d'honnêteté à ce sujet, vis-à-vis de Simon, m'avait conduite dans une impasse et Ruben pouvait tout à fait se passer de mois quelques jours puisque son père s'occupait de lui. La pharmacie tournait sans moi, non vraiment, je n'ai pas trouvé de raisons suffisamment valables à brandir à Daphné. De son côté, elle se plaignait de la solitude. Elle était sans attache, son dernier mec se fichait d'elle comme de son premier slip, ses parents étaient morts, pas d'enfants, pas de contrats à honorer avant quelques semaines... Elle n'en démordait pas : la solution, c'était l'océan. Quelques jours, pas plus, pour nous requinquer.

Je rajeunissais, l'enthousiasme de Daphné me revigorait : un vent de fête soufflait dans l'appartement de ma tante. Je proposai le train. Elle secoua vivement la tête, il en était hors de question. La voiture c'est la liberté. On s'arrête quand on veut, non, pas le train, s'il faut louons-en une. J'hésitai avant de proposer d'emprunter celle de Françoise, stationnée dans le parking. Ma tante ne m'en tiendrait pas rigueur, je le savais, Daphné était aux anges. Je ris encore en repensant à son enthousiasme si frais !

Daphné avait une idée très précise de ce qu'elle voulait vivre et pour cela nous devions en passer par tout un tas de clichés. Je sais que vous devez trouver tout cela extrême, insensé et pas mal de qualificatifs négatifs, mais sur le moment une tornade avait pris les commandes de l'opération. Pour qui se voit dépérir, c'était d'un effet grisant. La vie, oui, une transfusion de vie. Ça ne se refuse pas… Avec Daphné je respirais plus amplement, je me sentais puissante, plus forte, plus assurée. Je devenais évidente, voilà. Une fois la décision prise de l'accompagner, plus rien ne pouvait nous arrêter. Je n'avais pas les moyens ou même l'envie de revenir en arrière, c'était tout simplement inconcevable.

Daphné décida que, pour n'inquiéter personne, il nous fallait envoyer quelques messages. J'ai obtempéré. Ruben, Simon, Lara et Sido. Mes parents, et puis Charly bien sûr. Rien qui soit alarmant, de vagues nouvelles. Quelque chose qui disait je vais tenter de me recentrer un peu, à très bientôt. J'ai eu la sensation de laisser quelques valises, ou plutôt de me délester de quelques poids. Penser à moi, rien qu'à moi, panser mes plaies, le temps d'un court séjour. Un peu de folie, que diable ! Daphné ne tenait plus en place, elle s'est rendue dans la chambre pour m'aider à boucler un sac. Ce ne fut pas très long ni difficile puisque je n'étais pas installée dans cet appartement de prêt depuis – ni pour – longtemps. Mon passage chez Françoise tenait du *break*, je vous le rappelle. Alors, entre nous Dorine, que ce *break* ait lieu là ou ailleurs…

J'ai croisé ma silhouette dans le miroir de l'entrée. J'avais le rouge aux joues, et le sourire d'une enfant. Une fois sur le palier, Daphné s'est empressée de claquer la porte avant que je ne revienne sur ma décision. Je l'ai trouvée touchante, ses yeux pétillaient, elle n'arrêtait pas de parler, évoquait tout ce qui s'offrait à nous, m'interrogeant sur mes envies et mes désirs. Pour sa part, elle voulait marcher, respirer l'air iodé, et puis faire un tour de carrousel, aussi. Elle me conseillait de me lâcher, de laisser libre cours à mon imagination. Y avait-il des choses dont je rêvais en secret ? Quand je demandai où, elle haussa les épaules. Peu importait, non ? À l'ouest, c'était déjà une piste, en tous cas un bon début. Je pensai alors à Charly qui maintes fois était parti sans crier gare. Ce mélange d'angoisse, d'excitation, était-ce donc cela que tous cherchaient en partant à l'aventure ? Lorsque nous nous trouvâmes devant la voiture de Françoise, Daphné me prit d'autorité les clés : vu ma tête, j'avais peut-être bien un taux d'alcoolémie encore au-delà des limites légales. C'était si simple Dorine, si simple de s'en remettre à Daphné. Je me souviens m'être inquiétée du fait qu'elle soit en possession d'un permis de conduire. Emprunter la voiture de Françoise pourquoi pas, mais je tenais à ce que personne ne prenne de risque. Daphné hocha la tête. Il était normal que je me pose cette question. Elle sortit alors de son sac à main un portefeuille et, de celui-ci, le petit sésame rose. J'entrevis également une liasse de billets. J'ai vidé un livret, nous avons de quoi voir venir, s'est-elle exclamée. La vie de château nous attend, ma grande ! Enfin seulement si ça nous tente. Je n'avais pas du tout envie de dépendre d'elle ou de quiconque ou même de me trouver redevable par la suite. J'ai décidé de ne pas entrer dans le débat à ce moment, mais j'avais également sur moi de quoi subvenir à nos besoins.

Solennellement, nous avons déposé sa valise et mon sac dans le coffre de la voiture. Nous avons ensuite échangé un long regard. J'essayai de trouver quelque chose de drôle ou de cérémonieux pour sceller l'instant, mais Daphné, d'un élégant mouvement de tête m'a arrêtée.

Nous n'avions pas besoin de mots.

Le voyage avait déjà débuté.

Les Airelles, 21 octobre

Armand me suit partout. Il y a quelque temps encore il faisait mine de se trouver par hasard là où j'allais, désormais il ne s'en cache plus. Je pense qu'il se sent en sécurité avec moi. Il a été un peu malmené par deux résidents de l'aile nord. Celui qui porte toujours un chapeau, notamment. Armand c'est un corps d'athlète mais un esprit tout neuf, balbutiant, de jeune garçon. Je ne parviens pas à me faire à l'idée qu'il ait pu un jour être chef de projet et mener une équipe d'informaticiens chevronnés. Hier, il m'a vue prendre la direction du parc et ça a fait toute une histoire. Vous n'êtes évidemment pas sans savoir qu'il faut avoir une autorisation pour sortir des locaux. Certains restent cloîtrés dans les bâtiments du soir au matin, avec un simple accès à la terrasse, ce que j'ai du mal à concevoir. Bref, Armand n'avait pas encore l'accord définitif et quand, de la fenêtre de sa chambre, il m'a aperçue, il a quitté en courant la partie dortoir pour me rejoindre. Il s'est fait pourchasser, en pyjama, dans les allées. Une véritable course poursuite ! Il a semé les gardiens plusieurs fois, changeant de trajectoires, sautant ici un muret, là un bassin. Pour finir il s'est fait plaquer non loin du carré d'herbes aromatiques. Rien de méchant et même plutôt comique, si vous voulez mon avis. J'ai bien rigolé pour être honnête, lui ça ne l'a pas amusé du tout. Il est resté tremblant durant plusieurs heures. Ensuite, il s'est replongé dans l'almanach France Football 1983 et tout est rentré dans l'ordre.

Au départ je trouvais ça étrange, cette histoire de pyjama, mais je comprends que ce soit pratique d'un point de vue surveillance. Exiger que l'on s'habille pour déambuler dans les parties communes, je vais vous dire, je trouve ça normal. En revanche, en ce qui me concerne, si cela était possible je garderais mes vêtements même dans la chambre. Ne remettre mon pyjama que pour dormir, en fait. Cela dit j'imagine que sinon on ne s'y retrouve plus, ça prête à confusion. Par exemple, si rien n'était notifié dans les règles de vie, il est clair qu'Armand resterait en tenue de nuit du soir au matin et du matin au soir.

J'insiste auprès de Véronique, je la tanne. Prendre l'air ne lui ferait pas de mal. Mais il n'y a rien à faire, ma camarade de chambre refuse tout net. Elle prétend que c'est trop risqué, que sa couverture ne tiendrait pas à l'extérieur. Parfois – je sais c'est mal – je la lance sur ses sujets de prédilection. J'amorce la pompe et c'est parti, préparez le pop-corn. Ses explications ne sont pas extrêmement claires, à l'en croire, elle serait une sorte d'agent double, infiltrée jusqu'à nouvel ordre, dans l'attente de consignes qui devraient lui être transmises de façon imminente. Véronique prend tout ça très à cœur, et chaque jour elle me demande de lui jurer fidélité. Je dois garder pour moi seule le fait qu'elle parle, croix de bois, croix de fer… Tout un cérémonial. Alors Dorine, on se comprend et je me répète mais ne soyez pas, s'il vous plaît, celle qui me précipitera en enfer.

L'autre jour Véronique me parlait avec force détails d'une ancienne mission, quelque chose en lien avec la reine Elizabeth II, excusez du peu, lorsque Ruben m'a rendu inopinément visite. Elle s'est figée aussi sec. C'était désopilant. Elle est restée parfaitement immobile plusieurs minutes. Ruben n'osait rien dire, et me jetait de temps à autre des coups d'œil incrédules. Stupéfiant. Vous voyez ces personnes, le long des quais, qui jouent les statues pour les touristes ? Véronique – je ne vois que ça – se persuade que son immobilité la rend transparente. Autant vous dire que j'ai rapidement emmené Ruben dans les parties communes afin que tout le monde se détende.

Je lui ai préparé du thé pendant qu'il dévorait un paquet de cookies. Comme à son habitude, mon fils s'est efforcé de faire comme si tout cela était normal. Il a éludé Gérard, celui qui se prend par cycles pour un perroquet et qui est venu se percher non loin de nous. Il n'a pas non plus prêté attention aux cris, ignoré Armand qui le regardait d'un sale œil. J'ai beau expliquer à ce dernier que Ruben est mon fils, il n'en reste pas moins suspicieux. On dirait qu'il veut me protéger, à sa façon. Je me demande s'il n'est pas un peu jaloux. Mis à part ça, je me doute que Ruben me préserve et trie les informations qu'il me donne, mais son existence semble se dérouler assez paisiblement. Son bulletin est franchement honnête. Sa professeure principale, courageuse femme, prévoit pour leur classe l'organisation d'un séjour à Londres et il s'en réjouit. Toujours le même groupe de copains, toujours la guitare (il veut se mettre à la basse également), toujours le foot. Armand, qui ne perd pas une miette de ce qui se déroule, a bondi en entendant le mot magique. Du foot ? Tu joues quel poste ? Vos derniers résultats ? Quelle est ta date de naissance ? J'ai dû lui demander fermement de nous lâcher un peu les crampons. L'épisode a fait marrer Ruben, forcément. Il n'appréhende pas la souffrance qui se joue sur le terrain, il ne voit que le comique dans la situation, pas le drame qui se déroule dans les vestiaires. Comment lui en vouloir ? Ensuite Ruben s'est soudainement obscurci et j'ai compris qu'il voulait aborder un sujet particulier. J'ai vaguement prié pour qu'il ne me demande pas des explications ou encore de raconter les faits, comme vous tentez de m'aider à le faire, mais c'était tout autre chose. Ruben a mené son enquête et il est en colère. Il a trouvé les documents du placement. Oui, vous avez bien lu, Ruben en veut à Simon, il est même si remonté qu'il veut aller vivre chez ses grands-parents. Ça a été un moment difficile, pour lui comme pour moi, et nous avons fini en larmes, dans les bras l'un de l'autre. Parfaitement, Dorine, j'ai pleuré. Je ne suis donc finalement pas de pierre. Je me suis trouvé toute petite chose dans les bras puissants de mon ado. Pour tout vous dire, je n'avais pas expliqué grand-chose au sujet des Airelles. Un tort sans aucun doute. Pour Ruben, je me reposais ici. Je reprenais des forces, ce qui n'est pas tout à fait faux. Enfin, mon fils n'est pas naïf, je pense qu'il s'était temporairement arrangé avec cette vérité... Disons que ce n'était pas le moment, qu'il n'était pas prêt, que tout d'abord il a fait semblant de comprendre ce qui paraissait le plus probable. Et puis hier il m'a dit qu'il savait que son père avait signé les papiers de mon placement. Je crois qu'il n'était pas certain que je sois au courant des modalités. Surtout je pense qu'il n'a pas compris que je ne sois pas en colère contre mon mari. Mon fils, Dorine, se trouve au beau milieu d'un conflit d'intérêts. Pile entre ses deux parents. C'est épouvantable, je me sens si mal d'imaginer ce qui se joue dans son esprit. Je voudrais qu'il reste dans cette Suisse encore un peu, qu'il ne prenne pas parti. Suis-je d'ailleurs en mesure de constituer un front ? Ses yeux bleus se sont délavés au fur et à mesure que je me murais dans le silence. Qu'aurais-je pu dire ? Je n'allais pas enfoncer son père. Simon a agi comme il l'a pu. Je n'allais pas non plus me lancer dans un plaidoyer insensé et difficilement justifiable sous prétexte de sauver ma peau. Je ne parviens pas moi-même à cerner ce qui s'est joué, vous êtes bien placée pour le savoir. Même si ça remonte, Dorine, oui, ça remonte doucement à la surface.

C'est, il me semble, mon silence qui l'a désabusé. Il voulait entrer en lutte, Ruben voulait prendre les armes, me défendre. Me sortir de là. Il voulait m'aider, me dire sa présence et son soutien, mais il fallait pour cela que j'apporte un peu d'eau à son moulin. Je ne lui ai donné que de l'air, un vent léger que j'espérais chaud, doux et réconfortant. Je ne voulais surtout pas souffler sur les braises de sa colère.

Je lui ai demandé pardon et de tous les pardons que j'ai formulés ces derniers mois c'était le premier sincère, Dorine.

Les Airelles, 22 octobre

Durant les premiers kilomètres de notre escapade, j'ai beaucoup pensé à mon frère. Nous avions fait le plein d'essence et Daphné s'était donc proposé de conduire. Je n'ai jamais particulièrement aimé rouler, je pique facilement du nez. Simon, lui, adore ça. Il peut tenir des heures, ce qui est bien pratique, et pendant ce temps je somnole. Je laisse mes yeux sauter de champs en forêts, d'éoliennes en troupeaux de vaches.

Dès que Paris s'est éloigné, alors que notre but se trouvait je ne sais où, mais plus à l'ouest, j'ai beaucoup pensé à Charly, oui. Combien de fois mon frère est-il parti, comme ça, sans prévenir qui que soit ? Sans que personne ne trouve à y redire. « Parce que c'est Charly. » Nous le pensions dans ses bureaux et il passait un coup de fil de Rome, Barcelone ou Bombay. Cette fois c'était mon tour. Je n'en revenais pas. Moi, la raisonnable Mathilde ? Agir sur un coup de tête ? Et si, finalement, la partie n'était pas terminée ?

J'ai fini par m'endormir d'un sommeil lourd, profond et réparateur. Un de ces sommeils qui étonne, dont on se réveille étourdi, abasourdi d'éprouver une telle satisfaction. Quand j'ai ouvert un œil nous ne roulions plus, la voiture était stationnée. Encore engourdie je me suis tournée vers la place du conducteur, mais Daphné ne s'y trouvait pas. Je n'ai pas bougé pour autant et considéré avec un peu d'émotion la veste qu'elle avait positionnée sur moi. À ma droite une rangée de camions, sur la gauche deux voitures. Des retraités cassaient la croûte avec un petit garçon d'une huitaine d'années. Un gros chien coursait des piafs sur la pelouse fatiguée, il tournevirait entre de grands pins, ce qui faisait rire aux éclats le petit. Ma vessie m'a rappelée à l'ordre et je suis sortie. Il faisait doux. Je me suis étirée longuement avant de distinguer la silhouette gracile de Daphné qui émergeait du bâtiment commercial de l'aire d'autoroute où nous nous trouvions. Elle a tenté de me faire des signes, mais ses bras chargés de courses l'en ont empêchée. En riant, elle a couru à ma rencontre : elle avait dévalisé les étals de la station-service. Bonbons, gâteaux et chips, le menu serait régressif ou ne serait pas. J'ai ri en retour, je partais en *road trip* avec une ado. À mon tour, j'ai pris la direction du bâtiment. Il n'y avait que quelques clients, l'activité principale se concentrait dans le secteur toilettes et machines à café. Devant une grande carte de France, je me suis mise en recherche du fameux « vous êtes ici ». J'ai retenu un cri de stupeur en découvrant notre localisation. Nous avions roulé vers l'ouest, effectivement, mais qui plus est très au sud. Les Landes ?! J'ai voulu regarder l'heure, et me suis aperçue que j'avais laissé ma montre dans la salle de bains de l'appartement de Françoise. Mon téléphone se trouvant dans mon sac à main, j'interrogerai une hôtesse de caisse, laquelle me confirma aussitôt ce que j'avais du mal à admettre : j'avais dormi durant des heures et cette douceur dans l'air était bien celle d'une fin d'après-midi.

Incrédule, je me suis mise à scanner l'aire d'autoroute. Des pins parasols, une odeur de sève oui, pas de doute Daphné n'avait pas fait semblant de rouler. Difficile d'expliquer pourquoi, mais lorsqu'elle avait évoqué l'ouest j'avais pensé côtes normandes. Peut-être Bretagne, Vendée à la rigueur, sans doute pas plus au sud. Je ne sais pas moi, quand on dit ouest c'est ouest. Pas sud-ouest. Quelque chose de désagréable m'a traversée, Dorine, et je suis retournée à la voiture sur la défensive. Daphné avait-elle cela en tête depuis le début ? Pourquoi ne m'avait-elle pas consultée ? Soudain, je n'étais plus aussi certaine d'avoir envie de me trouver embarquée dans son caprice. Ça partait mal, en quelque sorte. Et puis, il y avait autre chose. En effet, je ne m'expliquais pas comment j'avais pû m'abandonner ainsi de si longues heures. Morphée m'avait proprement plongée dans le coma. Certes, il m'arrive fréquemment de m'assoupir sur un long trajet, mais jamais si profondément d'ordinaire, pas dans ces proportions. Un léger doute m'a effleurée, un soupçon ténu qui a rapidement filé lorsque la logorrhée joyeuse de Daphné m'a cueillie dans l'habitacle. Tu veux écouter quoi ? On met de la musique, maintenant. J'en peux plus de rouler en silence. Toi quand tu dors tu fais pas semblant. Fraises tagada ou Pim's ? J'ai pris du Toblerone mais je ne m'explique pas pourquoi. À chaque fois je déchire l'emballage avec envie et je réalise que ça m'écœure.

Je l'ai considérée quelques secondes. Concentrée sur le GPS de la voiture, un paquet de bonbons sur les genoux, elle était euphorique, toute en projets. J'aurais dû lui faire part de ce qui tournait dans ma tête, mais au lieu de ça je me suis tue. Qui ne dit mot consent, c'est bien ça ? Daphné a tapoté l'écran du système GPS, victorieuse. J'ai pas chômé, t'as vu ça ? J'ai envie qu'on aille à Biarritz. Elle a dit t'as déjà vu Saint-Jean-de-Luz ? T'as déjà vu un coucher de soleil à Guéthary ? Tu sais qu'on y chassait les baleines, c'est fou, non ? Elle a dit tu connais la Côte des Basques. Elle a dit faut que tu goûtes les macarons de la maison Adam, c'est impératif et non négociable.

J'ai regardé droit devant. Nous n'avions pas encore redémarré. J'ai laissé mon crâne heurter doucement l'appuie-tête et fermé les yeux. J'ai pensé à Biarritz, au Pays basque, aux vacances passées à jouer dans ces vagues immenses avec Charly, et j'ai fermé les yeux. J'ai rassuré Daphné qui tout à coup s'inquiétait de mon silence et lui ai adressé un timide sourire avant de fermer les yeux à nouveau.

Oui, Biarritz c'était parfait. Absolument parfait.

Je n'étais pas non plus très Toblerone. Il restait des crocodiles ?

Pour la musique, je lui faisais confiance.

Pour le reste aussi.

Les Airelles, 23 octobre

J'ai tenté d'appeler mes parents ce matin, ils ne m'ont pas recontactée. Je sais, ça ne fait que quelques heures, mais je me sens mal ou mal à l'aise, tout du moins. Impossible également de joindre Charly, je tombe directement sur son répondeur. C'est compliqué de réaliser que je ne suis pas la seule à mettre de la distance. Tant que le refus de contact est de ma propre initiative, je peux gérer, que ce soit l'inverse m'est insupportable. J'ai aussi laissé des messages à Lara et Sidonie. Il faut dire qu'il est compliqué de ne plus avoir mon propre téléphone, de passer par l'accueil. Il faut que je m'occupe l'esprit, je focalise là-dessus, cette angoisse tourne en boucle dans ma tête. Le fait que les miens pourraient m'oublier… Même me laisser croupir ici à vie, allez savoir… Pourquoi pas, après tout ? Pourtant il me semble que je progresse. Je parviens davantage à me livrer lors de nos séances, je pense que vous serez d'accord avec moi.

J'ai répondu à la lettre de Simon. Ce n'est pas totalement désintéressé de ma part, je tiens à le rassurer, à lui montrer que je vais vers un mieux. Je ne raconte pas grand-chose, des banalités. Mon quotidien, en fait. J'ai gardé pour moi la disparition des culottes. Le nombre de victimes ne cesse de grossir, Dorine ! L'enquête que nous menons Véronique et moi progresse à grands pas, mais je vous parlerai de cette histoire une fois prochaine. Dans cette lettre, j'évite également de lui faire part de la guerre que nous menons à Moustache, pas sûre que ça joue en ma faveur. Ça ferait bien marrer Charly en tout cas. J'avais entrepris de lire *Cent ans de solitude* lors de nos séances de lecture, c'est le roman préféré de mon frère. J'ai abandonné rapidement. Il fallait que je réexplique sans cesse l'histoire. Comme vous le savez sans doute, c'est par moments à la limite du fantastique, ce qui en perturbait plus d'un. Gérard, en particulier. D'autant que sur la couverture du livre il y a un perroquet, il prenait tout personnellement, un enfer. Pour ne pas rester sur un échec j'ai opéré un virage complet, *Le Crime de L'Orient Express* d'Agatha Christie, et les voilà à nouveau tous pendus à mes lèvres.

Heureusement que j'ai ces moments, Dorine. Me sentir nécessaire me fait un bien incommensurable. Je l'étais pour Ruben, Simon, Charly et la pharmacie aussi. Maintenant je n'ai plus que ce cercle de lecture, affligeant de tomber si bas. Je me suis souvent arrangée pour que les miens aient besoin de moi. Je n'avais pas jusque-là réellement conscience de cette nécessité viscérale d'exister pour les autres, indispensable, pierre angulaire d'un monde. Tout ça parce que je ne me sens jamais en sécurité, jamais en paix. Constamment prête à vaciller d'un côté ou de l'autre.

Charly le sait, lui. Il l'a toujours su, et gentiment il s'est arrangé pour toujours se trouver dans les parages lorsque je perdais les pédales. Filet de sécurité, rattrapant le coup si nécessaire, avec l'invariable élégance de ne rien montrer aux autres de mes failles. Vous savez, je ne tolérais pas que des enfants s'immiscent dans nos jeux.

Quand j'y repense, Charly s'est toujours montré d'une patience d'ange avec moi. C'est cette mécanique, cette économie fraternelle qui a fait que Simon et Charly s'entendent si bien. D'ailleurs, mon frère constitue une figure masculine forte pour Ruben, sans que Simon n'en prenne ombrage pour autant. Oui, j'aurais bien besoin de lui en ce moment. Je sais qu'il ne me jugerait pas, que je n'aurais pas à filtrer mes pensées. Charly a toujours été présent quand j'en ai eu besoin, toujours. Bien entendu je vous ai vous, c'est déjà ça, mais vous avez quand même un avis à rendre, on ne va pas se mentir.

En apprenant ma grossesse, j'ai été traversée par tout un tas d'émotions contradictoires. Tout d'abord, il faut vous mettre en tête que, sur le papier, il y avait très peu de chances que je tombe enceinte. Les médecins nous avaient prévenus, Simon et moi, en plus de l'endométriose dont je souffre, le spermogramme de mon mari s'avérait catastrophique. Et puis un jour je vomis, ma poitrine s'emballe, test positif : Ruben est en route. Nous étions abasourdis, il nous a fallu deux prises de sang pour y croire. Vous auriez vu Charly... Il a suivi ma grossesse de si près que c'en était comique ! Seulement on n'est pas préparé, je veux dire on n'est jamais préparé à ça. « Ça » se révélant être un bébé, un être de chair et d'os, remuant, braillant, tout sauf indépendant. Une petite chose débarque un beau matin et vous prive de sommeil. Un tyran rose et dodu. Je nous revois, Simon et moi, désemparés devant les cris extrêmes que Ruben poussait sans discontinuer. Nous, qui l'avions tant désiré, nous trouvions totalement dépassés. Je ne peux pas dire que je n'aie rien ressenti, non. J'ai perçu l'amour partout entre ce bébé et moi, mais c'était confus. J'ai maintes fois lu des témoignages de femmes décrivant l'absence totale de lien ou d'affection avec leur nouveau-né, pour ma part il ne s'agissait pas de cela. Disons plutôt que je manquais cruellement de notice. J'avais peur de mal faire, et la fatigue s'accumulant je ne voyais pas d'issue. Et souvent je regrettais notre tranquillité, oui, c'est vrai. Simon, bien embêté, soupirait, compatissant, aimant, je ne peux dire le contraire, mais s'échappant de la maison aussi souvent que possible. Bon sang, Dorine, quand je vois le jeune homme que Ruben devient, j'ai du mal à croire que je suis passée par de tels états de tension. Simon n'a jamais su à quel point j'ai mal vécu les premiers mois de Ruben. Charly, lui, l'a deviné. Il s'est montré si précieux. Il a perçu ma souffrance et c'est sans un mot, sans un reproche, sans l'ombre de la moindre désapprobation qu'il a réagi, ce jour où il a trouvé Ruben sur le sol. J'étais prostrée dans le canapé, incapable de bouger, percluse de fatigue. Et Ruben pleurait, et pleurait encore. Il était si petit, il avait glissé du transat et je ne parvenais pas à réagir. Pire, il valait mieux que je ne réagisse pas, Dorine… Des bouffées de violence teintées de fatigue pulsaient dans ma poitrine. Je voulais simplement du silence. Charly est passé par hasard ce jour-là. Avait-il deviné ma détresse et ma fragilité, comme souvent par le passé ? Comme si nous étions reliés en Bluetooth ? Sur le pas de la porte, percevant les cris mais ne me voyant pas arriver pour lui ouvrir, il s'est servi de son jeu de clés. Il a pris les choses en main, m'a couchée et s'est occupé de Ruben. Charly a imprimé une liste de sociétés de baby-sitting. Il n'a rien dit de cet épisode à Simon et s'est montré vigilant de longues semaines.

Oui, Dorine, Charly s'est toujours débrouillé pour être là à chaque fois que cela s'est avéré nécessaire. Je lui en veux tellement cette fois. C'est injuste de ma part, mais c'est ainsi. J'ai besoin de lui et mon frère brille par son absence.

S'il m'avait empêchée de partir avec Daphné, nous n'en serions jamais arrivés à des extrémités aussi fâcheuses.

Les Airelles, 24 octobre

Je n'ai pas relayé Daphné, même sur la fin du trajet. Elle n'a pas voulu me laisser le volant, se plaisait à conduire. Elle souhaitait rouler fenêtres ouvertes, musique à fond. Nous avons quitté l'autoroute rapidement après cet arrêt à l'aire de repos. J'ai consulté mon téléphone et constaté qu'aucun message ne m'avait été envoyé depuis notre départ. Je crois que j'aurais aimé que Simon s'inquiète et que mes amies s'interrogent, mais je m'étais isolée ces dernières semaines et, de fait, nos échanges quasi quotidiens s'étaient espacés. J'ai dû paraître peinée car Daphné m'a jeté un regard un peu désapprobateur. Il ne fallait pas broyer du noir, je n'en avais pas le droit. C'était l'une des règles d'or de notre périple. Oui, elle allait établir une liste de principes qui allaient nous permettre d'optimiser ces quelques jours et ces conditions générales passaient forcément par une prise de distance avec le quotidien. Je l'ai laissée dire et s'emballer. Même si je partageais son avis dans les grandes lignes, je la devinais à fleur de peau sur le sujet. Et puis nous avons aperçu l'océan, comme ça, d'un coup, et à cette seconde précise mes proches, l'appartement de

Françoise et la pharmacie m'ont semblé soudain à des années-lumière. Portant une main en visière je scrutai l'océan par la fenêtre de la voiture et dévorai des yeux la surface argentée, scintillante lorsqu'un rayon de soleil parvenait à percer la masse nuageuse, et les rouleaux qui s'écrasaient avec force et fracas sur le rivage.

Daphné choisit le premier renfoncement venu pour se garer et nous descendîmes en hâte de la voiture, nous pressant sur un sentier qui descendait jusqu'à la corniche, offrant un magnifique point de vue. Là, toutes deux côte à côte, nul besoin de mots. Le silence lui-même se vit réduit à néant, atomisé par le vacarme des vagues. À cet endroit, notre échappée prenait tout son sens. Nous échangeâmes un bref regard, comme pour valider nos pensées communes. La vie, cette vie, nous appartenait.

Dorine, si je dois choisir un moment précis, un instant au cours duquel je me suis sentie à la fois entière, à ma place et cohérente, il se tient quelque part dans ces quelques secondes. Il flotte précisément juste là, dans cet espace. Après cette décision de départ à la hussarde, après des valises bouclées en quatrième vitesse et après ces centaines de kilomètres parcourus.

Juste avant que les choses ne dégénèrent.

Les Airelles, 25 octobre

Notre dernière séance m'a pour ainsi dire retournée. Vous avez sans doute raison, touché du doigt le nœud du problème, et tout ça me perturbe. Plus que cela, je suis bouleversée. Depuis que je suis arrivée ici, tout le monde a un avis sur ce qui s'est produit, ce qui m'est arrivé, et je m'oppose à ces tentatives d'explications par principe. Parce que personne ne peut savoir mieux que moi ce qui s'est passé, je rejette en bloc les spéculations. Mais cette fois vous avez sans doute raison. L'homme à la mèche, ce refus d'anniversaire... Ce ne sont que des alibis. Je voulais uniquement une bonne ou mauvaise raison de presser le détonateur.

Bien sûr, vous vous défendrez d'avoir jamais formulé cette hypothèse oralement, mais vous m'avez amenée à la réaliser, ce qui pour moi revient à la même chose. La vérité se trouve quelque part dans cette prise de conscience...

Je ne pouvais plus rester inactive, plus attendre que le piège se referme sur moi. C'était au-dessus de mes forces. Peut-être bien que ce connard à la mèche n'a rien ressenti, lui, et que si un clown en slip avait surgi dans la pharmacie en lieu et place de cet individu, le résultat aurait été identique.

Il me fallait échapper à Simon, Sido, Lara, Charly, mes parents. Et même à Ruben. Je ne parvenais plus à raisonner, mes pensées ne m'obéissaient plus, j'étais sur un rafiot et me dirigeais vers des rapides. J'allais me fracasser, il était encore préférable de sauter à l'eau et d'improviser. Mais rien ne présageait que Daphné s'invite au tableau. Je n'avais pas prévu cela. J'espérais une respiration, simplement une pause avant de retourner plus sereinement dans l'arène. Homme à la mèche ou pas on s'en contrefout. Un alibi, un faux-fuyant, alors... Je voulais une parenthèse, uniquement cela, mais il faut croire que c'était déjà trop demander. Pas possible, pas concevable, on n'agit pas ainsi lorsqu'on est adulte et mère.

Hier soir, sous le regard concentré de Véronique, j'ai retiré le pansement. Il n'y a plus de détonateur, il a disparu. Elle a regardé, elle aussi : aucune trace. Absolument rien et c'est déstabilisant. Il devrait, *a minima*, en rester un vestige, vous ne pensez pas ? Ma camarade de chambre avait l'air embarrassée pour moi. Elle est touchante, Véronique, à compatir ainsi sans même savoir de quoi il retourne. Comme pour me consoler, elle m'a entraînée dans l'angle mort de la chambre pour se confier un peu plus. Sans doute imaginait-elle que me donner à voir sa souffrance atténuerait la mienne. Elle se dit recherchée, désormais. Ses jours seraient comptés, sa couverture compromise. J'ai essayé de la rassurer : elle se trouve ici en sécurité, à l'abri du monde extérieur, elle peut s'octroyer le droit de souffler. Elle a secoué la tête, c'était trop tard, trop grave, elle assumera quand il le faudra. Ces discussions absurdes m'occupent, me changent les idées, mais ce n'est pas non plus de tout repos.

Ma mère a appelé. Ils accompagneront Ruben lors de sa prochaine visite. Cette nouvelle m'a fait sincèrement plaisir. Elle avait une voix trop aiguë, s'efforçait de paraître naturelle. Ma pauvre mère doit encore avoir en mémoire leur dernière venue.

Il s'est produit pas mal de choses, à part cela. Il y a eu quelques arrivées. Un type qui se prend pour un haut gradé de l'armée, ce qui a pas mal secoué Véronique. Elle a un curieux rapport à la hiérarchie. Évidemment on surnomme le nouveau « mon général » et il adore, ou il apprécie, tout dépend du crédit qu'on lui donne. Il nous prend tous pour ses sous-fifres et il affectionne particulièrement Moustache, qu'il prend pour son second. Le côté autocrate de l'infirmière, je ne vois que ça. Le général donne des ordres que personne n'exécute, mais ça ne le désarçonne pas pour autant.

À propos de Moustache, j'en ai une bien bonne. Ça concerne Bernardo, je ne sais pas si je vous en déjà parlé, Bernardo est ainsi nommé par rapport au fidèle serviteur muet de Zorro. Depuis cinq ans qu'il est ici,

Bernardo n'a jamais soufflé le moindre mot. Pourtant il aurait été conférencier dans une autre vie. Peut-être a-t-il épuisé le quota de voyelles et de consonnes autorisées ? Quoi qu'il en soit, Moustache s'est acharnée sur ce pauvre homme après qu'il a renversé son plateau sur ses sandales en plastique mauve. Involontairement, évidemment. Bernardo ne ferait pas de mal à une mouche. Moustache s'est mis en tête de le raisonner, ça lui prend à l'occasion. Elle choisit – au hasard j'imagine – un résident et décide qu'elle va révolutionner en cinq minutes la quadrature du cercle, réussir par la force là où les thérapies échouent. Et le pauvre gars la regardait, impassible... C'était d'une tristesse. On ne voit que rarement passer des émotions sur le visage de Bernardo. Il est la grande majorité du temps atone et inexpressif. Je l'ai quelques fois vu rire faiblement devant une rediffusion de *Mister Bean*, mais c'est à peu près tout de sa gamme de réactions. Et Moustache qui insistait, qui insistait... Et qui répétait en boucle que fut un temps il parlait, quand même, que ce n'était pas concevable de perdre tout à fait l'usage de la parole. Elle admonestait Bernardo, au vu et au su de tous, au beau milieu du réfectoire. Elle se tenait tout près de lui, et vas-y que j'en repasse une couche, que je m'obstine... Nous retenions tous notre souffle. Deux de ses collègues lui ont pourtant fait signe de lâcher l'affaire, mais non, elle continuait, elle s'acharnait, Moustache. Et quand même, ça ferait plaisir à votre famille si vous disiez quelque chose. Juste un mot, c'est tout de même pas le Pérou, un mot. C'était peine perdue mais elle était décidée à ne rien lâcher. Et puis, tout à coup, on a vu un truc passer dans les yeux de Bernardo. Quelque chose s'est connecté, dans les étages supérieurs, et il s'est animé un peu. Moustache s'est légèrement redressée, consciente qu'un événement allait se produire.

— Tu pues de la gueule.

Cinq mots, elle en avait pour sa peine, Moustache.

Imaginez le fou rire collectif qui a saisi le réfectoire. Je ne vous fais pas un dessin, certains, suite à cet épisode, sont carrément partis en sucette. Moustache a dû sonner du renfort. Pour ma part j'en ris encore, et je suis certaine que cet épisode vous fera au moins sourire, Dorine. Sacré Bernardo. La seconde suivant sa succulente sortie, toute lueur intelligente avait déjà déserté ses pupilles.

Elle en a pour un moment, Moustache. Ça ricane sur son passage.

J'espère qu'elle a pris rendez-vous pour un détartrage dans la foulée.

Les Airelles, 26 octobre

Daphné s'est tournée vers la voiture, déjà focalisée sur notre après, et j'ai eu besoin de prolonger encore le moment. Je pense qu'elle l'a compris puisqu'elle a chaleureusement tapoté mon épaule avant de s'éloigner.

L'océan pour moi seule. Cela faisait tant d'années. J'eus un peu de mal à me remémorer nos dernières vacances en ces lieux. Ruben devait avoir huit ans. Neuf peut-être? Les années suivantes, nous avons privilégié la Provence, où la météo est plus prévisible l'été. Mais, comme je l'ai déjà évoqué, ce Sud-Ouest est plus encore pour moi lié à ma propre enfance. Mon père, ma mère, Charly et moi. Les quatre mousquetaires. Je vous le donne en mille, d'Artagnan ne pouvait être que Charly.

Arrivée à hauteur de la voiture, j'ai observé Daphné. Le plus naturellement du monde, elle retouchait son maquillage. Une fois de plus, j'ai envié cette facilité avec laquelle elle se mouvait dans les strates de ce monde. Concentrée sur le rétroviseur, elle redessinait ses lèvres pulpeuses. En réflexe, j'ai passé une main dans mes cheveux. Je n'avais pas pris la peine de me coiffer et encore moins de me maquiller au sortir du bain, décidément il m'était impossible de rivaliser avec la classe naturelle de cette insaisissable femme. Daphné a enfin capté ma présence, souri puis a rangé son tube de rouge en me faisant signe de me hâter. Elle a remis le contact tandis que je proposais des points de chute ; mais Daphné avait en réalité déjà tout planifié et, trente minutes plus tard, nous nous garions sur le parking d'un hôtel de luxe de Biarritz.

Je ne crois pas avoir objecté quoi que ce soit. Ce choix, ce lieu, ses décisions. Je sais que, seule, je ne me serais pas permis une pareille folie luxueuse. Et tout à la fois, que Daphné nous y autorise me plaisait bien et m'a même beaucoup amusée. Ma poitrine se gonflait d'une euphorie acidulée, j'étais bien. Je me sentais bien. C'est lorsque nous avons entrepris de sortir les bagages du coffre que j'ai réalisé que mon sac à main avait disparu. Mon euphorie s'est aussitôt évanouie pour céder la place à une angoisse froide. Daphné a sorti son propre sac de derrière le siège conducteur, m'a regardée paniquée et nous avons de concert retourné l'habitacle comme deux furies. Après de longues et vaines minutes nous nous sommes considérées, interdites. Le visage de Daphné s'est empourpré… Elle ne se rappelait pas avoir verrouillé la voiture lors de notre arrêt au bord de l'océan… Elle avait remarqué des promeneurs à son retour, mais n'avait pas pris la peine de s'assurer que rien ne manquait : mon sac à main bien en évidence sur le siège passager avait dû se révéler trop tentant.

Je me suis sentie si fatiguée à ce moment-là, Dorine. Vous n'êtes pas sans savoir que, dans les quelques centimètres cubes d'un sac à main se tiennent nos vies. Je me trouvais à la fois privée de téléphone, sans papiers et dépourvue de cartes de paiement. Sans parler de photos de Ruben que je trimballe partout, de quelques bijoux qui y traînent, des clés de l'appartement de Françoise, et que sais-je encore. Par un miracle que je ne m'explique pas, mais qui tient sûrement de la survie, j'avais empoché les espèces de la vente du scooter. Daphné, qui se tenait pour responsable de la perte, fouillait et cherchait encore dans les moindres recoins de l'auto. Je lui intimai de cesser, il fallait nous rendre à l'évidence : je n'avais plus en ma possession qu'un sac de vêtements et des espèces.

J'aurais pu jeter l'éponge à ce stade. Joindre Simon, lui expliquer la débâcle. Faire demi-tour, décider que ce vol tenait du mauvais présage, mais j'ai démissionné. J'ai laissé Daphné me consoler. Je lui ai confié les commandes de ma vie tout comme je lui avais, un peu plus tôt, abandonné le volant.

À la réception, elle s'est occupée de réserver une chambre. Deux lits, vue sur mer. Surclassées ? C'est formidable ! Petit déjeuner, oui. En terrasse si le temps le permet.

Je sirotais le verre d'accueil tout en la contemplant à l'action. Cette force, cette présence. Je me sentais si loin et si admirative d'un pareil charisme. Daphné ne se déplace pas, Dorine. Elle ondule. Daphné ne converse pas, elle charme. L'instant d'après, ma comparse pivotait vers moi, rassurante et tout sourire.

Elle avait la clé de la chambre en main, les bagages suivraient.

Les ennuis resteraient à la porte

Les Airelles, 27 octobre

Week-end de septembre. L'année dernière. Barbara et Charly annoncent, la bouche en cœur, l'heureuse nouvelle. Ma mère ne touche plus terre et, tout aussitôt, mon père descend à la cave chercher de quoi fêter ce bonheur. Une grossesse est toujours un événement et ce futur bébé a été longuement désiré. Je suis déjà dans la confidence. Charly, dans le dos de Barbara qui, superstitieuse, souhaitait attendre les trois premiers mois avant de révéler sa grossesse, m'a tenue au courant sitôt le test positif. Privilège de sœur. Privilège de notre lien sacré.

Ruben s'intéresse, lui aussi. Pour quand ? Une fille ou un garçon ? Enfin un peu d'action dans cette famille… Charly s'esclaffe avant de l'étreindre, il a hâte de voir sa progéniture jouer avec son neveu adoré. Le divin enfant n'est pas né que, déjà il est l'objet de toutes les discussions, de toutes les spéculations, le pauvre marmot va être sur-sollicité. Barbara rayonne. J'ai quant à moi un souvenir laborieux de ces neuf mois d'attente, mais ma belle-sœur a le cheveu brillant et la peau éblouissante. Comme les miens, je suis impatiente de voir le produit de ces deux sommes qui comptabilisent à titre personnel tant de qualités. Quel beau souvenir que ce week end. Tout est plus coloré, plus joyeux, et mon frère, tout à sa joie, ne se lasse pas de frôler sa moitié, de lui prendre la main… Ces débordements me gonflent de bonheur.

Ma mère sort les albums photo et tout y passe. Barbara et Simon se gondolent, Ruben se marre, lui aussi, mais se dépêche de changer de registre et avance jusqu'aux clichés de notre adolescence : lui, ce qui l'intéresse, c'est de se moquer de nos coiffures invraisemblables et de nos vêtements impossibles. C'est qu'il y a matière à passer un bon moment ! De sacrés dossiers ! Charly et moi rions avec lui, mon père hausse les épaules, pas bien conscient que les modes ont tant changé, quant à ma mère, elle assure en hochant la tête avec force conviction que nous étions du *dernier chic*.

Ce souvenir, cette immersion dans nos souvenirs en famille, me plonge dans des abîmes de tristesse. Ces fous rires partagés qui n'arriveront sans doute plus. Comment passer outre ? Comment embrayer et reprendre une dynamique après tout cela…

Comme prévu mes parents ont accompagné Ruben et nous avons bien parlé. De la vie ici, de leurs voisins, d'une cousine qui se mariera en juin prochain. Ils limitent pour le moment leurs activités et ont cessé d'aller « au club » puisque blessés par certaines remarques et réactions. Cela n'a aucune importance ma chérie, a déclaré ma mère avec douceur. Ce n'est pas grave, pourvu que tu ailles mieux. Il faut que tu te retapes. Tu manges suffisamment ? Tu as tant maigri. Je t'ai rapporté un gâteau aux noix, tu a toujours adoré ça je le sais. Et puis ça se conserve bien.

Dorine, c'est difficile. C'est si difficile. Que je souffre est une chose, je m'arrange de cela avec moi-même. Mais infliger à ma famille une pareille épreuve est au-dessus de mes forces. Je voudrais comprendre, avoir le fin mot de l'histoire pour enfin avancer.

Je ne me demande qu'à tout remettre en ordre, soyez-en convaincue, j'y travaille d'arrache-pied. Je voudrais parvenir à analyser les faits et la chronologie pour les protéger tous.

C'est mon seul vœu, Dorine, protéger les miens. Les épargner des répercussions, si c'est encore possible.

Le reste n'a plus la moindre importance.

Les Airelles, 31 octobre

Armand reprend peu à peu conscience. Je dis conscience, et le terme peut vous paraître excessif, mais c'est de cela qu'il s'agit. Et il semble revenir d'un monde vraiment lointain. Lorsqu'il m'accompagne dans le parc, puisqu'il y est désormais autorisé, il se met peu à peu à parler d'autre chose que de football. Ce renouveau passe également pour lui par une sorte de reconnexion au réel, toucher l'écorce des arbres, écouter le vent qui malmène les branches, écraser des feuilles mortes de ses vieilles Dr. Martens. C'est curieux, un cerveau humain. Une infirmière m'a glissé qu'il avait été sans doute vampirisé par les nouvelles technologies, vous pensez que c'est possible ? On dit aussi qu'il a pris des substances, je ne sais trop quoi en penser. C'est déstabilisant en somme, car le véritable Armand, pour moi, est celui que je côtoie chaque jour aux Airelles, qui sourit béatement lorsque j'ose un trait d'humour avec lui, celui qui écoute religieusement au cercle de lecture. C'est le petit enfant dans un corps de trentenaire. Bien sûr, s'il grandit à nouveau j'en serai heureuse. S'il peut reprendre le cours de sa vie, son travail, se réapproprier sa personne, ce sera une victoire sur les tourments que l'existence nous inflige.

Véronique ne rate rien de ce que dit le général. Elle ne parle toujours pas en public, mais se poste non loin de notre officier *low cost* et prend un air détaché. Il a capté son manège et l'appelle Sentinelle. Sentinelle, placez-vous là ! Sentinelle, restez sur vos gardes ! Tout le monde trouve ça normal. Passons.

Je sais qu'on vous a dit pour ma « crise ». Notez bien mes guillemets, je tiens sincèrement à ce que vous ayez le contexte avant notre prochaine séance, parce que ça me semble essentiel et parce que certains (Moustache) ont dramatisé l'incident. Honnêtement il n'y a pas quoi en faire un plat, j'ai simplement eu une petite défaillance. Et – oui c'est vrai – une crise de larmes en visionnant *Thelma et Louise* dans la salle télé. Ce n'est franchement pas un drame et pas non plus hyper étonnant que le fait de revoir ce long-métrage m'ait bouleversée, je veux dire, étant donné mon périple avec Daphné. Et puis ce film m'a toujours fascinée et émue, ce n'est pas une nouvelle. Quoi qu'il en soit, n'y voyez pas de décompensation ou de bouffée délirante. Juste un coup de mou et beaucoup d'émotions. Vous ne faites que ça à longueur de séances, me dire que je retiens trop, qu'il faut que ça sorte. Eh bien c'est sorti, un peu bruyamment, un peu trop visiblement, voilà tout. Sujet clos.

L'avocat est enfin passé pour faire le point. Étant donné que je suis d'accord avec mes proches, que nous progressons beaucoup toutes les deux, vu également que je me montre patiente, ma sortie reste conditionnée aux progrès qui restent à faire et mon cas semble juridiquement simple. Vous savez ce qui me manque le plus ces temps-ci ? Une soirée avec mes amies. Un peu d'alcool et tourner tous les sujets possibles et imaginables à la dérision. Au lieu de ça nous nous apprêtons à fêter Halloween. Sérieusement ? Ça va mal tourner, je le sens. Certains résidents sont beaucoup trop perturbés par la chose. Gérard panique à cette idée et quand il perd son sang-froid, ses phases dites perroquets sont plus longues et plus intenses. Il est tombé d'une armoire en essayant de prendre son envol hier, et ça s'est moyennement fini. Rien de cassé, ce qui est une chance, mais tout de même. D'ailleurs vous ne devinerez jamais ce qu'il a trouvé sur cette armoire, notre perroquet… Comme vous n'êtes pas en mesure de répondre, je ne ferai pas durer le suspense : les culottes ! Reste à savoir qui est responsable, Véronique enquête pourtant, mais elle était partie sur une fausse piste, concernant l'homme au chapeau de l'aile nord. Ce n'était pas idiot, il planquait en effet des trucs sous son couvre-chef, c'était de la viande, qu'il volait régulièrement en cuisine pour la manger crue. On a fini par le savoir lorsqu'on a pensé qu'il faisait une hémorragie. Des filets de sang dans la nuque et sur les tempes…

Il avait en réalité mal estimé le temps de décongélation d'un steak.

Au cas où vous auriez encore des doutes sur ma bonne volonté, je peux vous assurer, Dorine, que je fais tout ce qui est en mon pouvoir pour ordonner mes souvenirs afin de partir le plus loin d'ici.

Les Airelles, 2 novembre

Des images, bleues, me traversent régulièrement. Bleu céruléen, ciel hypnotique. Bleu gris, pour l'océan. Bleu smalt ou bleu marine, cette chambre au mobilier plus vieillot que je ne l'aurais imaginé. Mélange de bleus, mon âme en repensant à tout cela. Le bleu des meurtrissures, celui presque violacé des hématomes.

La chambre de cet hôtel de luxe : confortable, mais pas très chaleureuse pour autant. J'étais déçue, je crois. Une vue à couper le souffle, en revanche. Daphné perchée à la fenêtre, lunettes de soleil sur le nez et cheveux au vent. Autant d'instantanés, de flashs, il m'est difficile d'ordonner les séquences. Je suis assise sur le lit et je ne parviens à rien de plus. Être là, déjà, représente beaucoup. Être loin, en tout cas, signifie tant. Daphné se gorge de soleil, je la regarde. Je ne pourrais ne faire que cela, me contenter uniquement de cela.

Nos sacs échoués près de la porte. Je m'interroge sur le fait de ranger mes quelques affaires dans la commode. Resterons-nous suffisamment de nuits pour que cela en vaille la peine ? Daphné décide qu'il lui faut une cigarette et me demande de trouver son paquet dans le chantier du sac à main qui gît près de moi. Elle garde les yeux fermés, reste postée sur ce rebord de fenêtre, regrette que nous ne jouissions pas d'un balcon. Je trouve ça fou, Dorine, je suis subjuguée. Cette façon qu'elle a d'avancer, de bondir d'une chose à une autre, de cheminer. Je trouve impressionnant sa faculté à poursuivre, cette chance incommensurable de se moquer des contingences. Elle paraît intouchable, là, baignée par ce soleil basque, lascive et insouciante. Comment imaginer qu'elle aussi ait des failles ? J'ose plonger une main dans le sac avec une sensation, si ce n'est de voyeurisme, au minimum déplacée. Je fouille, mais ne trouve rien. Cela fait rire Daphné qui me somme aussitôt de ne pas prendre tant de précautions et de renverser simplement le contenu sur le lit. Je me sens gauche. Un peu ridicule aussi. Je me demande ce qu'elle pense de moi, de cette maladresse qui entrave ma façon d'être. Pourtant, je suis certaine que ma fragilité la touche. Je prends une profonde inspiration, lève dans un geste théâtral le sac au-dessus du lit puis le retourne. Le contenu dégringole, rebondit pour partie sur la couette blanche, le reste roulant au sol. L'ensemble s'éparpille, formant un tableau étonnant, un pêle-mêle curieux où se côtoient calepins, tickets de métro, billets de train froissés, brosse à cheveux et plaquettes de médicaments. Je remue le tout et déniche un briquet en plus du paquet de cigarettes entamé. Daphné tend les mains en coupe et je lui lance le fruit de ma récolte coup sur coup. Je me renverse sur le lit et écoute. La pierre du briquet qui craque, frotte, le petit bruit de la flamme dans un clic. La première inspiration, suivie d'un souffle de fumée. Je reste allongée, fixe les moulures, longe une légère fissure qui court sur le plafond. J'ai du mal à émerger depuis le trajet, du mal à savoir si une migraine me guette ou si c'est l'incongruité de la situation qui me rend nauséeuse. Et puis je tourne la tête. Ce sont les toutes petites plumes, minuscules, qui attirent mon attention. Des perles noires sur un jonc doré. Là, tout à côté de mon visage. Passe-partout et à la fois pas exactement ordinaires. Des boucles fantaisie. Je porte mécaniquement la main à mes oreilles, je ne les ai pas mises avant de partir, pas emportées non plus. À moins qu'elles n'aient été dans mon sac à main où il m'arrive parfois de glisser des bijoux si je n'ai pas d'endroit plus sûr.

Passe-partout oui, ordinaires, mais pas tant que ça. Il faudrait que j'interroge Daphné, pourtant je me tais. Une boule naît dans mon ventre. À moins qu'elle ne s'y trouve depuis quelques heures déjà et qu'elle ne se manifeste qu'en cet instant.

Et ce mal de tête, cette sensation de malaise qui m'étreint.

Je ne sais plus si je dois me méfier ou s'il me faut arrêter de réfléchir.

Baisser la garde ou m'enfuir.

Dormir ou courir.

Les Airelles, 3 novembre

Peut-on véritablement se révéler jalouse d'un individu qui n'est pas encore ? Qui n'est pas encore né, devrais-je dire. Je n'en suis pas fière, bien évidemment, mais je pense avoir été envieuse du bébé de Charly et de Barbara. Quelle chance allait avoir ce petit être !

Je regardais avec attention et émotion le ventre de ma belle-sœur. Rassemblés autour d'elle nous suivions, hypnotisés à divers degrés, les mouvements qu'exerçait le bébé sur son abdomen. C'était émouvant et en même temps tellement étrange. Deviner, là la pression d'un bras, ici celle d'un pied. Ma mère filmait et Barbara, trop polie, n'osait l'envoyer paître en m'adressant des clins d'œil complices. Simon a posé une main sur ma cuisse, conscient de ma soudaine raideur. Il doit y avoir quelque chose d'hormonal, une corrélation étrange entre les corps féminins. Je constatais cette grossesse et ça me remuait viscéralement. On veut, on peut. On ne veut plus, on n'a jamais voulu. On ne voudra jamais, on ne peut plus. Trop tôt. Maintenant. Trop tard. Trop. Pas assez. Pas tout de suite. À quoi tient la conception d'une vie ? Quoi qu'il en soit, Barbara et Charly avançaient prestement vers la ligne d'arrivée. Bientôt ce tout petit prendrait toute la place. Et moi, quelle mère étais-je? Impossible de déterminer pourquoi cet événement prochain me tourmentait autant. J'étais impatiente, heureuse et pourtant inquiète.

Oui, je crois que j'étais légèrement jalouse de ce bébé. Ce bébé qui allait me voler un peu plus mon frère. J'avais tout à la fois pleinement conscience que ce ressenti était injuste et déplacé. Parfois je rêvais que Barbara n'était pas vraiment enceinte, que j'avais imaginé tout cela. D'autres fois je me réveillais en sursaut, tâtant mon ventre, persuadée qu'il abritait un fœtus. Ensuite, le matin, je restais interdite devant Ruben se lavant les dents, ou Ruben avalant un bol de céréales, et je trouvais qu'il n'y avait au monde rien de plus beau, de plus signifiant que de voir grandir mon fils.

Ruben avait été un miracle, un enfant c'est beaucoup, c'est déjà bien. Mais cette grossesse sous mon nez : je ne savais pas si elle me faisait envie ou si les émotions ressenties relevaient simplement d'un processus de survie hérité du fond des temps.

Véronique aime quand Ruben me rend visite. Les premières fois, je faisais en sorte de m'isoler rapidement, de le garder pour moi seule. Désormais, depuis notre complicité devrais-je dire, je traîne dans la chambre pour qu'elle en profite aussi. Elle lui sourit parfois, lorsqu'elle ose le regarder en face. Véronique n'a pas la moindre visite. Elle prétend qu'elle ne veut pas communiquer sa localisation, ce qui n'a aucun sens puisque, comme nous tous, elle est placée à la demande d'un tiers. Cette femme est un mystère. Quand je pense avoir trouvé une certaine logique à ses divagations, elle bifurque et me perd un peu plus dans ses bois profonds. Lorsque je le lui fais remarquer, elle répond simplement qu'elle ne veut pas me mettre en danger, ne pas me mêler à son passif… Je prends ce qu'elle donne. Que pourrais-je faire de plus ?

Je poursuis chaque jour le cercle de lecture, comme vous le savez. Petite nouveauté, certains ont manifesté l'envie de prendre la parole, de lire à leur tour. C'est toujours moi qui débute, une dizaine de pages. Mais c'est également dépendant de ma motivation et de l'attention de mes fidèles. Lorsque j'ai terminé, je propose et certains disposent. Une fois que la session touche à sa fin, invariablement nous nous regardons en souriant béatement, avant de nous disperser, pareils à une volée de moineaux. Parce qu'en réalité, nous nous trouvons tous, à des degrés différents, bien embarrassés. Ces moments partagés sont intenses, mais un fond de pudeur reste omniprésent, fonction des vécus et des histoires de chacun. Nous taisons cette joie commune de se jouer un peu du temps qui s'étire indéfiniment entre ces murs. Nous la plaçons discrètement à l'abri de notre poitrine. Souvent, lorsque d'autres lisent, je n'écoute pas réellement.

Les yeux dans le vague, je continue de rassembler les pièces de mon puzzle.

Les Airelles, 4 novembre

C'est la voix de Daphné qui m'a réveillée. Elle chantait dans la salle de bains, quelque chose de France Gall, je crois, et derrière les paroles je devinais l'eau qui courait sur les parois de la douche. J'avais donc sombré, choisi de m'abandonner. Quelle heure pouvait-il être ? Il faisait tout à fait jour, en tout cas. Absolument désorientée, j'avais perdu toute notion du temps. Je me trouvais en tee-shirt et culotte dans le lit. Celui jumeau était défait lui aussi. Mon jean et mon gilet reposaient sur le dossier d'une chaise et je n'avais pas le moindre souvenir de la façon dont s'était déroulée la soirée de la veille.

Daphné est entrée dans la chambre. Elle portait un tee-shirt à pois, un short en jean et essorait ses cheveux tout juste lavés avec une serviette. Elle m'a souri et s'est enquise de la qualité de mon sommeil. Elle a dit, tu t'es effondrée et pas moyen de te réveiller. Je t'ai couchée comme un gros poupon et suis allée dîner au restaurant de l'hôtel puis sortie un peu. Mais pas de ça aujourd'hui, hein. Aujourd'hui on se bouge, d'ailleurs filons au petit déjeuner avant qu'ils ne ferment le buffet. Il fait doux, ils ont installé la terrasse. Elle a ouvert un tiroir de la commode et jeté une robe sur le lit. J'ai grommelé que j'avais pris de quoi m'habiller, Daphné a secoué la tête. Elle s'était permis de ranger mes vêtements et franchement je n'avais rien qui soit suffisamment estival. J'ai froissé le tissu de la robe entre mes doigts et haussé les épaules. Qu'elle le veuille ou non c'était peine perdue, elle était beaucoup plus menue que moi et j'allais exploser les coutures. Daphné a dit non, mais n'importe quoi, je ne sais pas quelle image tu as de toi, mais elle est altérée. Elle a dit vas-y essaie, allez ça te coûte quoi d'essayer ? Seulement dépêche-toi, j'ai pas du tout envie de rater le buffet. J'ai fait passer mon tee-shirt par-dessus tête et réalisé en rougissant que Daphné avait également ôté mon soutien-gorge. Puis j'ai enfilé sa robe. Elle m'allait parfaitement, cette petite robe. Pas forcément mon goût, trop décolletée, trop courte, mais elle m'allait. Dans un sourire victorieux, Daphné est venue se poster à côté de moi, juste devant le miroir. Regarde, elle a dit, on a quasiment la même carrure, toi et moi. Je ne sais pas ce que tu t'imagines ? Il faut que tu arrêtes de t'autocensurer, de mal te juger. Fous-toi un peu la paix, non ? Balance les bâillons et les œillères, jette la muselière. Ensuite elle s'est approchée de la table de chevet et a passé dans les trous de ses lobes les boucles d'oreilles qui s'étaient retrouvées dans son sac à main. Elle a dit je t'ai emprunté ça à Paris, au fait. Ça ne te gêne pas, j'espère ? Elles sont jolies. Passe-partout et pas vraiment ordinaires. Elle a attrapé une veste pour elle, un gilet pour moi et s'est tournée vers la porte. Elle a dit j'ai une de ces faims. Faut dire, j'ai dansé jusqu'à pas d'heure en réalité. Mais ce soir tu viens avec moi. Hors de question que tu joues au bonnet de nuit deux soirs de suite.

Je garde un fabuleux souvenir de nos petits déjeuners.

Presque irréel.

Quasi seules sur cette grande terrasse, la presse du jour, le temps qui s'éparpille dans le miroitement du soleil dans l'eau. Nous ne parlions pour ainsi dire pas. Installées côte à côte face à l'océan. Les doutes qui flottaient à ma surface la concernant plongeaient le temps de ces petits déjeuners. Nous évoquions nos vies en journée et durant les soirées, mais aucun de ces matins. Durant ces matins l'atmosphère semblait se vider du moindre problème.

Présentes à nous-mêmes, tout simplement.

Les Airelles, 5 novembre

Barbara perdit les eaux au beau milieu de la nuit. Charly envoya un message pour me prévenir de leur départ à la maternité : l'arrivée est imminente. J'ai été incapable de me rendormir. Pourtant, d'expérience, je savais qu'il y avait plus de chances que l'accouchement dure quelques heures plutôt que quelques minutes. Simon, lui, a retrouvé le sommeil sans peine. Je le revois, se tourner sur le côté et remonter la couette haut sous le menton. Je ne suis pas parvenue à patienter dans notre lit et me suis faufilée jusqu'au salon pour lire en attendant d'autres nouvelles.

J'ai fixé une lampe durant plusieurs heures, un plaid sur les genoux. Je n'ai jamais ouvert le roman, même pas tenté de reprendre ma lecture là où je l'avais laissée. J'allais devenir tante, Ruben cousin, et bientôt cette terre compterait un pensionnaire de plus. Je misais depuis le début sur une fille, tandis que ma mère promettait un petit garçon, l'amie d'une voisine ayant eu une révélation en faisant tourner un pendule au-dessus d'une photo de Barbara. Mais peu importait, le sexe était le cadet de nos soucis, pourvu qu'il arrive enfin, ce bébé. Et qu'il soit en bonne santé.

Au petit matin la sonnerie de mon téléphone m'a réveillée. J'avais donc, contre toute attente, fini par trouver le sommeil. À la frontière de l'angoisse et de l'impatience, j'ai décroché. Charly pleurait tant et tant que je ne parvenais pas à saisir le moindre de ses mots. Il s'est calmé après quelques secondes, une petite fille (j'avais raison). Lilas, a-t-il ajouté. Si t'aimes pas je m'en fous. Nous, on en est déjà dingues. Tu verrais comme ses mains sont petites, et je ne te parle même pas de ses pieds. Elle est aérienne. On aurait dû l'appeler Plume, tiens. Elle est si jolie, ses traits sont si fins. Tu crois qu'on perd toute objectivité en devenant parent, Mathilde ? À mon tour, je ne suis pas parvenue à répondre avant plusieurs secondes. Littéralement étranglée par l'émotion, abasourdie par ce qui me traversait. Ce qui m'effrayait jusqu'alors, cette supposée jalousie à l'encontre de ce tout petit être, toute crainte était dynamitée. Je ne l'avais pas encore vue et pourtant je l'aimais si fort que les coutures de mon cœur menaçaient de rompre. J'ai dit t'es malade ou quoi. C'est formidable comme prénom Lilas. Enfin, ne viens pas te plaindre si à l'adolescence elle se teint les cheveux en violet, cela va sans dire. J'ai dit je suis tellement heureuse, Charly, si tu savais. Non tu peux pas savoir, pas imaginer à quel point, alors entre-le-toi dans le crâne. J'ai dit je serai là pour elle. Bordel, elle va avoir sa tantine sur le dos, cette petite, elle ne sait pas ce qui l'attend. J'ai dit je voudrais la voir, je voudrais te serrer dans mes bras et vous dire que je vous aime si fort, tellement fort tous les deux. Et Barbara, mais oui. Rhoooo tout de suite, bien évidemment Barbara aussi. Là-dessus, couvrant nos pleurs, nos mots éraillés de joie, un bip a retenti. Charly venait de m'envoyer une photo. Un tout petit visage rougi de nourrisson, si minuscule, si fragile qu'aucune description ne convient tout à fait. Je me suis tue, Charly a soupiré, la communication n'était plus que souffle. C'était fou tout cet amour qui flottait. Comme si une lumière particulière et différente de toutes celles ayant jamais existé régnait désormais sur le monde, il y avait moins de zones d'ombres, plus d'endroits brasillants. Ça ne durerait pas, ça ne dure jamais, il fallait profiter de cet état de grâce. Ruben est descendu de sa chambre à ce moment précis, le cheveu en bataille, le visage empreint des marques laissées par ses draps. De tout mon cœur je souhaitais ces moments à Charly.

Quelques jours plus tard, Barbara et Lilas quittaient la clinique. Entre temps, comme il se doit, nous étions tous passés plusieurs fois leur rendre visite à la maternité. La rencontre avec cette minuscule fée s'est avérée sans surprise incroyable, Barbara resplendissait de bonheur. Le temps de la période où elle a été contrainte de rester à la clinique, le soir, je recueillais mon frère pour ses derniers jours en solo. Il venait dîner et nous avons ri comme jamais. J'écourtai mes journées à la pharmacie pour être à la maison plus tôt, Ruben délaissa durant ce temps ses devoirs, et Simon se fit porter pâle au foot. Excuse de la parenthèse, place au bonheur. J'ai toujours eu conscience d'avoir des faiblesses, des fêlures. Toujours su qu'il ne tenait à rien que je déraille. J'ai joué la comédie toute ma vie à la perfection, Charly est le seul à me savoir tout à fait. Il distingue les zones d'ombre à géométrie variable qui m'empêchent de lâcher prise. Là, je m'en défaisais. Vraiment. Oui, ces quelques jours ont tenu de la féérie, Dorine. Pourtant, à la lumière des événements qui ont suivi, je ne parviens pas à dire si cette courte félicité est une vue de l'esprit, si ça a été aussi magique que dans mes souvenirs, ou bien si c'est le contraste avec la suite qui rend ces instants aussi purs. Lilas est décédée à un mois, mort subite du nourrisson, nous précipitant tous dans une atroce, une abominable spirale de douleur, Barbara et Charly en tout premier lieu.

Les Airelles, 6 novembre

Plusieurs jours. Combien ? Aucune idée. La plage, un peu.

Saint-Jean-de-Luz, Guéthary, Bidart, Biarritz.

Déambuler dans les rues piétonnes. En bord de mer. Une glace, un café. Un verre, puis deux ou trois.

Dormir plus tard, dormir l'après-midi, veiller loin dans la nuit. Danser.

Seul point fixe : le petit déjeuner comme un ancrage, une habitude qui perdure dans ce désordre et cette désinvolture. Totalement passive, veule, entièrement remise à Daphné. Plus je sentais monter en moi cette inexplicable tristesse, et plus Daphné s'imposait, dirigeait. Dorine, je réalisais que quelque chose clochait, que Daphné avait des accès de colère par moments, envers un serveur, un piéton qui traversait trop lentement, mais pour moi elle n'était que sourire. Sa présence suffisait à me rassurer. Nous parlions de moins en moins. J'avais peur d'elle parfois, c'est vrai, mais je ne parvenais pas à réagir. Et puis je pensais *decrescendo* aux miens. Parfois, une bulle de souvenir crevait la surface de mes pensées. Tiens, Ruben ! Charly ? Simon… J'étais pleine de regrets, bourrée de remords, de si, de peut-être. À saturation complète. C'était là l'atout principal de Daphné. Savoir quand elle pouvait me faire rire, et lorsqu'il était préférable de se taire. Quand le spleen prenait toute la place.

Je ne bois pas énormément, d'ordinaire. Bien sûr, quand il y a quelque chose à fêter je ne donne pas ma part au chien. Avec Lara et Sido, aussi, mais jamais seule et peu en semaine. Daphné, quant à elle, cherchait à repousser les limites, encore et encore, à flirter avec les risques. Les premiers soirs où je l'ai accompagnée dans ses virées nocturnes, j'ai limité la casse. J'ai insisté pour rentrer lorsque j'ai senti qu'elle risquait de rouler un peu trop bas dans la pente. Mais je me sentais démunie. Pas de papiers d'identité et surtout plus de téléphone. Et puis que dire, et à qui ? Je m'étais enfuie, j'avais sans nul doute blessé tout le monde. De son côté, Daphné n'avait aucun contact avec sa vie, je ne l'ai pas vue appeler ou envoyer le moindre message de tout notre périple.

C'est le samedi soir, alors que j'avais l'esprit embrumé par plusieurs cocktails, que la situation a pris une tournure scabreuse. Au préalable nous avions beaucoup ri toutes les deux. Le bar dans lequel nous nous trouvions s'est peu à peu transformé en boîte de nuit. Les tables se sont poussées, les décibels ont grimpé, et nous avons suivi le mouvement, amusées. Je regardais Daphné danser. Elle attirait indifféremment les regards des hommes et des femmes. Pour ma part, je demeurais assise à l'écart de la piste. J'observais son manège en gloussant quand un homme est venu s'asseoir près de moi. J'ai fait mine de l'ignorer. Je n'avais pas la moindre envie d'entamer un quelconque jeu de séduction. Pourtant, c'est la simple vision de cet homme à mes côtés qui a fait sortir Daphné de ses gonds. Et là, j'ai craint pour ma vie.

Les Airelles, 7 novembre

J'étais en train d'aider Armand à réaliser un puzzle lorsque le départ de Charly s'est invité dans mes souvenirs. Je ne peux y accéder frontalement, en tout cas jusqu'à présent je me sentais trop responsable de celui-ci pour être en capacité de le faire. Pour ce qui est du puzzle, il est usé par les ans et les résidents. Certaines pièces semblent même avoir été mâchonnées, c'est dire. Un tableau de Monet. *Impression, soleil levant.* À chaque pièce qu'il parvient à placer correctement, Armand annonce le titre à voix haute, je ne risque pas de l'oublier un jour.

Mettre toutes les pièces sur l'endroit. Fin mars. Charly ne se remet pas de la mort de sa fille. Il n'est pas responsable, Barbara n'est pas responsable, il n'y a pas de responsable. La fatalité seule est à mettre en cause. Destin funeste que celui de cette petite Lilas. Il est inconsolable. Qui ne le serait pas ? Il ne se rend plus au travail, a perdu des contrats, il ne pleure même plus. Il zone, traînant son regard de fou d'un endroit à un autre en même temps que son âme en peine. Tous, alors, se sont mis à compter sur moi. Mes parents, Simon et surtout Barbara ont attendu que j'aide mon frère à reprendre le dessus. C'était mon tour de renvoyer l'ascenseur. Une vie durant Charly m'avait portée, avait colmaté mes brèches, me permettant de jeter de la poudre aux yeux… Je savais tout cela.

Isoler les bords des autres pièces. Mais je n'ai pas pu, je n'ai rien pu. Je suis restée pétrifiée quand il est venu me trouver, fantomatique, huit kilos en moins, les traits tirés. Je n'ai rien dit alors que tous m'avaient chargée d'une épineuse mission, de le retenir ou plus exactement de le dissuader de partir.

Faire des tas par couleur. Pourtant dans ses yeux je l'ai vu, il n'attendait que cela, je crois. Je le sais pertinemment désormais. Il voulait que je le retienne, que je le sermonne. Il voulait que, pour une fois, je joue le rôle qu'il avait toujours joué avec moi. Il voulait que je prenne son bras, que je le secoue, que je lui ordonne de dormir. Que je l'engueule, sans le moindre doute.

Positionner les angles. Barbara m'avait appelée. Elle avait supplié, gémi, geint. Il n'écoute rien, il n'entend plus, il perd la raison, Mathilde. Il n'écoutera que toi, fais quelque chose. Elle avait dit, je compte sur toi, hein. Aide-moi s'il te plaît je le perds, il se perd, il est en train de lâcher.

Associer les pièces des bordures entre elles. Comment expliquer, Dorine, qu'alors que j'avais conscience de tout cela, qu'alors que les miens martelaient leurs suppliques à mon endroit, je sois restée si froide, si détachée. Incapable de donner à mon frère ce qu'il attendait.

Pièces centrales en fonction des motifs. Tout s'est joué si vite. Lilas était tout juste enterrée qu'il prenait un billet d'avion, il voulait nous laisser loin derrière lui et je comprenais cela. C'est peut-être pour cette raison que je ne l'ai pas raisonné. Pour cette réaction qui aurait pu être la mienne, et qui l'a d'ailleurs été par la suite. Ou peut-être que je me console avec cette justification, comme un mot d'excuse approximatif. Et puis voir mon frère souffrir ainsi, constater que lui aussi était faillible c'était avoir sous le nez la preuve que tout était vain. Charly a bouclé les formalités en deux temps trois mouvements sous les regards implorants de sa femme. Il gravirait un sommet de plus, l'Indonésie. Il lui fallait du concret. Il voulait retrouver une ligne directrice, redonner du sens à l'insensé. Cela prendrait le temps que cela prendrait.

Pièce finale. Charly est parti sans dire au revoir à personne. Il n'est toujours pas revenu, il nous en veut, il en veut à ce monde qui n'a pas tenu ses promesses. Je n'ai pas tenté de le retenir, Dorine, vous rendez-vous compte de cela ? Je voudrais pouvoir dire que j'étais sidérée. J'étouffe cette pensée qui passe de temps à autre, celle qui souffle que peut-être je n'étais pas contre le fait que mon frère rencontre des difficultés à son tour. Aussi atroce cette idée soit-elle, je ne peux tout à fait l'écarter et ça torpille mes viscères.

Dorine, j'ai tellement de regrets. Barbara ne m'a plus adressé la parole depuis cet épisode.

Les Airelles, 8 novembre

Tout est allé *crescendo*. Les scènes se sont enchaînées à toute vitesse. Daphné a bondi, ivre, agressant littéralement cet homme qui ne faisait que vaguement me draguer. Elle l'a giflé et mordu à la main. Le videur s'est précipité et l'a entraînée sans ménagement vers la sortie. Daphné m'a sifflée, intimé de venir, mais son degré de violence m'a épouvantée. J'étais incapable de bouger. Voyant que je l'abandonnais, elle a rué et échappé au vigile, m'a rejointe en quelques bonds et a saisi mon bras très rudement. Qu'est-ce qui te passe par la tête ? Qu'est-ce qui te prend ? On devait rester toutes les deux, ensemble et unies, on avait besoin de personne. C'est quoi ton problème ? Je te laisse une minute pour réfléchir, ensuite vous irez vous faire voir, toi et tes problèmes. Elle avait un regard de damnée.

Lorsqu'elle fut évacuée pour de bon, j'ai fondu en larmes. De gros sanglots, irrépressibles. Le type qui m'avait accostée ne savait plus quoi faire de sa personne, sans pour autant oser partir. Il devinait que le plan drague tombait à l'eau, mais se sentait un peu responsable du pétage de plombs de Daphné. Il a dit qu'est-ce que je peux faire pour vous ? Je suis désolé, je peux vous aider ? Vraiment je ne sais pas quoi dire, je suis bien embêté. Il a dit faut vous asseoir déjà, et puis je vous commande un verre d'eau. Votre amie, je sais que ça ne me regarde pas, mais elle a l'air un peu spéciale, quand même.

Je l'ai regardé commander de l'eau au bar et poser le verre devant moi. Je l'ai regardé, il avait une fossette au coin de la joue, un peu similaire à celle de mon frère. Le peu d'énergie qui me tenait encore droite a fuité définitivement. Je l'ai regardé et j'ai compris que tout ce que j'esquivais, c'était plus que mon mari, que la pharmacie, que mes parents étouffants, plus que ma difficulté à être au monde. Je l'ai regardé et j'ai su pile au creux de mon ventre que je réfutais le fait d'avoir quasi poussé mon frère dans des montagnes bien trop dangereuses pour lui, absolument pas indiquées lorsque l'on est si mal en point et pas préparé physiquement. J'ai essayé de me remémorer depuis combien de temps Charly était porté disparu. Combien de jours ? Je me suis mise à pleurer encore et j'ai demandé au type de me prêter son téléphone.

J'ai compté soixante jours et j'ai hoqueté.

J'ai composé le numéro de Lara et je n'ai pas pu prononcer un mot.

Je me souviens vaguement du visage ennuyé du type lorsqu'il a repris la communication et qu'il a donné des indications à mon amie.

Les Airelles, 9 novembre

Dorine, parlons peu parlons bien. Je vous serais reconnaissante d'intervenir à votre niveau pour ce qui est des jeux de société. Il manque des pièces dans la quasi-totalité des boîtes et au lieu de générer des moments de détente, chaque partie se termine en pugilat. Imaginez un peu : il n'y a presque plus de voyelles au scrabble, pour la simple raison qu'elles ont été mangées ! Je sais, ça ne vous apparaît sans doute pas dramatique, mais croyez-moi sur parole, ça l'est pour la microsociété dont je fais partie pour le moment.

Mis à part cela, je suis triste aujourd'hui. Armand est parti, ça y est. C'est une jolie nouvelle, c'est certain, mais un coup dur pour moi. Il s'est levé normal, un matin, comme au sortir d'un long sommeil. Il avait recouvré ses facultés d'homme ordinaire, c'était étonnant. Nous étions un peu gênés de nous dire au revoir, il n'était plus tout à fait celui que j'ai côtoyé ces dernières semaines. Vous êtes quelquefois triste lorsqu'un suivi se termine ? J'imagine que oui. Et puis des fois, ça doit vous soulager aussi, d'en finir avec des gros boulets. (Je ne me classe évidemment pas dans ceux-ci, cela va sans dire)

Je réalise que je ne vous ai pas relaté comment s'était déroulé Halloween. J'ai été mauvaise langue, ça s'est en fin de compte pas trop mal passé. À part une histoire de fantômes. Deux résidents qui se sont planqués et qu'on a eu du mal à retrouver, j'ai cru d'ailleurs comprendre que ça avait fricoté sec. C'est le risque de ce genre d'événement. Le général n'a, pour sa part, pas du tout apprécié les débordements et le laisser-aller. Moustache s'est déguisée en grosse conne, non je plaisante (je ne peux toujours pas effacer, pour mémoire, ça vous apprendra à donner des règles concernant ce carnet)

J'ai coupé mes cheveux. Mes racines continuent de pousser, ce châtain qui est le mien. Exit le blond, et de façon définitive. Voilà. Je prends les choses en main d'un point de vue capillaire. Je serais vous, j'estimerais que c'est un excellent signe pour envisager une sortie. Je dis ça, je ne dis rien.

Sinon mes parents sont venus. Seuls cette fois, enfin pas en même temps que Ruben. Entre temps, j'ai beaucoup pensé à Charly. Forcément. Je les regardais, l'un, puis l'autre, puis mes chaussures sans parvenir pas à me lancer. Aborder son départ est si douloureux. Et puis, eux et moi ne sommes pas d'accord, je le sais. Ils s'inquiètent, le considèrent comme disparu alors que mon frère prend son temps. Je le sais, c'est mon corps qui parle. J'en ai l'intime conviction, comme on dit. Ma mère retenait ses larmes, elle me laissait dire sans oser rétorquer quoi que ce soit. Je sentais qu'elle ne partageait pas mon point de vue. Je ne me suis pas énervée, pas emportée, j'ai changé de sujet. Je leur ai dit que j'espérais bientôt quitter les Airelles, que nous avancions à pas de géant toutes les deux, à propos de Daphné et de mes souvenirs. Que bientôt le ménage serait fait et que j'avais hâte que tout soit terminé.

J'ai appelé Simon ce matin. Il avait l'air heureux de m'entendre, content que je prenne l'initiative de lui téléphoner, vraiment, je l'ai senti au ton de sa voix et – j'ai gardé le meilleur pour la fin – il m'a proposé de venir passer un week-end.

Si on met de côté la fierté qui en prend un sacré coup, cet horizon à nouveau à portée de main, ça fait quelque chose. Et ce quelque chose est formidable.

Les Airelles, 10 novembre

Je dois une fière chandelle à cet homme, ce type du bar. Ce bien malheureux dragueur. Je dois beaucoup, c'est évident, à Lara et Sidonie. Mes amies n'ont pas perdu de temps, sauté dans une voiture et avalé des centaines de kilomètres pour me rejoindre sans attendre. Durant ce laps de temps je ne sais pas bien ce que j'ai fait, si ce n'est dormir quelques heures sur une banquette du bar. La patronne, avertie par mon chevalier servant, m'a clairement prise en pitié. J'avais vaguement compris que les filles comptaient me rejoindre et je me sentais incapable de rentrer à l'hôtel. J'avais peur de Daphné. J'avais pressenti un côté obscur, deviné son potentiel d'agressivité, mais je m'étais appliquée à éloigner les soupçons et les doutes. Obstinément j'avais fermé les yeux. C'était plus facile ainsi. Non, ce n'est pas cela, Dorine, c'est encore autre chose : je n'étais pas en mesure de lutter. Je n'étais pas de taille, tout simplement. Elle aurait eu, quoi qu'il arrive, le dessus.

Au petit matin, j'ai décidé d'aller marcher sur la plage. J'ai supplié le type de me laisser partir, mais il n'a rien voulu entendre. Il tenait à me confier à mes amies, lesquelles lui avaient expressément demandé de ne pas me lâcher d'une semelle. La tenancière du bar, que la situation semblait amuser, l'a convaincu qu'un peu d'air nous ferait à tous le plus grand bien. C'est ainsi que, flanquée de ces deux compagnons de fortune, j'ai attendu Sido et Lara sur la grande plage. Ils ne se sont pas montrés excessivement curieux, ont discuté entre eux, respectant les pauses que j'imposais, écoutant les propos insensés que je leur servais par intermittence. Je réalise que j'étais dans un état de confusion assez avancé, mais ce qui prédominait, l'émotion qui surpassait toutes celles qui se présentaient à tour de rôle à la porte de mon esprit, c'était la peur. La peur que Daphné m'agresse physiquement. Et la vue des marques de dents sur la main de mon acolyte faisait régulièrement office de rappel.

Au petit matin, Sidonie et Lara, guidées par téléphone, ont fait leur apparition sur la plage. Comment décrire cette chaleur dans ma poitrine, cette joie sincère de voir mes amies, cette possibilité, enfin, de repousser la terreur. Avec elles, il ne pouvait plus rien m'arriver. Je les ai enlacées, étreintes, l'une puis l'autre. Je les ai laissées remercier mes sauveurs, finalement indifférente à ce qui se disait sur moi. L'homme du bar a évoqué un frère qui souffrait de troubles psy, expliqué aux filles qu'il avait déjà eu à gérer des scènes pénibles dans sa vie. J'ai plaint Daphné. Mais peu importe la honte et le ridicule de la situation, je n'en étais plus à ça près. Ce qui m'importait, c'était de me retrouver seule à seule avec mes amies.

Quand ce fut le cas, les filles m'ont épargné les remontrances et les reproches. Nous nous sommes assises sur le remblai et elles ont écouté. L'appartement de Françoise et Daphné. La rencontre et le départ au goût de fuite. Ce *road trip* non maîtrisé et la perte de mes affaires. Elles ont écouté sans interrompre, sans opposer quoi que ce soit, et annoncé qu'il était temps de rentrer.

Je ne demandais que ça, Dorine, dans le fond. Que d'autres que Daphné prennent le relai. Et puis une brume de mauvaise conscience s'est déposée sur la plage.

Avec Sidonie et Lara, je n'avais pas peur. Avec elles, je ne craignais plus rien. Mais avant de partir, je voulais m'assurer que Daphné allait bien.

Les Airelles, 11 novembre

Après le départ de Charly pour l'Indonésie j'ai vécu quelques semaines comme à l'intérieur d'une cocotte-minute. Barbara ne répondait plus au téléphone, mes parents l'épaulaient du mieux qu'ils le pouvaient et se montraient gênés en ma présence. Simon soupirait sans relâche. Il évitait la maison où pulsaient tant d'ondes négatives. Même Ruben – en tout cas il m'a semblé percevoir cela – me tenait responsable de quelque chose ou, comme tous, de n'avoir rien tenté.

Dorine, vous répétez à l'envi que mon surmoi est énorme et que ma capacité à culpabiliser défie l'entendement. Soit, j'imagine que c'est vrai, vous commencez à bien me pratiquer. En effet, peut-être que même si je m'étais menottée à mon frère pour l'empêcher de partir, il aurait trouvé le moyen de briser ses chaînes. Je me le demande sans cesse et je brûle de lui poser la question. Le fait est que je me suis mise à agir comme un automate, au travail, à la maison, partout. Mon téléphone toujours à portée de main. Dès le lendemain de son vol, j'ai supplié Charly de nous donner des nouvelles régulières.

Il a envoyé un SMS au bout d'une semaine, puis un autre quelques jours plus tard, laconique et distant, ensuite ce fut tout. Nous n'osions même plus nous questionner les uns les autres.

Je me suis rendue quelquefois sur la minuscule tombe de Lilas, sans savoir si je devais me recueillir ou bien m'emporter. À qui se plaindre ? À qui poser les questions ? Évidemment que je m'en veux de tout, de chaque décision. Les jours se sont succédé et mon anniversaire est arrivé. Mes quarante ans, pour ce que j'en avais à foutre. Je pensais à ceux de Charly et à cette stupide idée de *Seven Summits* avant les siens, de quarante ans. Je ne voulais pas que mon anniversaire passe, je voulais freiner le temps, je voulais virer Simon de ma vie au motif qu'il se retenait de me reprocher quoi que ce soit, Lara et Sido, même punition, mes amies se montraient si compréhensives que c'en devenait insupportable. Et je voulais dynamiter cette putain de pharmacie où tout le monde me regardait avec pitié. Si seulement cet homme à la mèche avait été une planche de salut. Décevants, tous et toutes, et moi la première. Le seul qui vaille ? Charly. Je me suis mise à détester ma vie, mes proches, à les haïr viscéralement. Ça gonflait, ça enflait, j'étouffais. Une cocotte-minute je vous dis, Dorine, et pas un n'a été foutu de soulever le couvercle pour libérer un peu la pression.

Alors ce putain de détonateur est apparu.

Alors je suis partie, le temps d'un *break*, vivre dans l'appartement de Françoise.

Mais il a fallu que Daphné échoue sur le pas de ma porte.

Les Airelles, 12 novembre

Je tremblais comme une feuille en arrivant sur le parking de l'hôtel. J'ai désigné aux filles la voiture de Françoise, garée bien sagement un peu plus loin. Deux possibilités s'offraient à nous : soit Daphné l'avait laissée – j'avais vaguement eu dans l'idée qu'elle était capable de la voler –, soit elle se trouvait dans l'enceinte de l'hôtel.

Sidonie et Lara m'ont soutenue jusqu'au hall. Je me sentais vidée, physiquement à bout de forces. En me tendant les clés, le réceptionniste m'a adressé un sourire que j'ai encore du mal à déchiffrer. Nous avions passé suffisamment de nuits à l'hôtel pour être clairement identifiées... D'un regard Lara m'a interrogée : étais-je prête à potentiellement tomber sur Daphné ? J'ai acquiescé. La fuite, j'avais donné. Les catastrophes s'amoncelaient, je ne pouvais plus faire l'autruche. Je voulais lui dire adieu, prendre mes affaires et rentrer à Paris.

L'ascenseur sembla mettre le triple du temps habituel, et dans le couloir nous avons progressé au ralenti, contournant l'appréhension et la crainte. Moi qui imaginais ne plus avoir peur, je ne parvenais pas à canaliser mon corps, à stopper les tremblements. C'est

Sidonie qui s'est décidée à ouvrir la porte, révélant une chambre vide. Les lits étaient faits, Daphné n'était donc pas rentrée dormir. En revanche, elle avait plié bagage : seul mon sac gisait près de la commode. Une fois certaine qu'elle ne se trouvait ni dans la salle de bains ni dans les toilettes, j'ai tout retourné, ouvert chaque tiroir, regardé sous les lits. Il ne restait plus rien d'elle, pas un mot. Un détail cependant attira mon attention, mes boucles d'oreilles posées bien en évidence sur la table de chevet. Elle ne voulait rien de moi, le message était clair. Je ne pus m'empêcher de ressentir un pincement au cœur. Daphné aussi me rejetait. Elle ne m'autorisait même pas à la virer de ma vie, là encore elle était la plus forte, elle partait avant que je ne la chasse. J'ai dit je vais interroger le mec de l'accueil, je vais quand même voir au buffet. Ah, mais oui c'est certainement ça, elle doit se trouver sur la terrasse, en train de prendre le petit déjeuner. J'ai dit, c'était de beaux moments, ces petits déjeuners, on ne parlait à personne, on sirotait notre *earl grey* en se gavant de viennoiseries. Présentes pour nous-mêmes, tout simplement. J'ai compris que les filles ne voulaient pas traîner. Elles avaient faussé compagnie à leurs familles, et nous avions un certain nombre d'heures de route. Il fallait que j'arrête de me torturer et que j'accepte de simplement rentrer me reposer. C'était le plus important. Très clairement. Elles avaient raison, j'étais tellement fatiguée, usée jusqu'à la corde. Et ces lits jumeaux qui me tendaient les bras.

Nous sommes descendues pour effectuer le *check out*. Pendant que Lara s'occupait du règlement, Sidonie passa un coup de fil à Simon. Elles m'avaient retrouvée, j'étais saine et sauve. Nous serions de retour dans l'après-midi. Je me suis éloignée d'elles et, en douce, ai pris la direction du buffet. Il fallait que je jette un œil, que je m'assure que Daphné ne se trouvait pas là. Il le fallait, j'en avais besoin. Alors quoi ? Elle allait donc sortir de ma vie comme ça ? Pour une vulgaire dispute dans un bar ? Mon regard s'est posé sur le jeune serveur qui officiait tous les matins. Je lui ai souri et me suis approchée de lui. Il m'a demandé si j'avais passé une bonne nuit, si je voulais du thé comme d'habitude. J'ai fait non de la tête. J'ai dit mon amie est venue ce matin ? Je ne la vois pas, serait-elle passée de bonne heure ? Il a eu un sourire contrit. Sidonie et Lara, qui m'avaient rejointe, se tenaient juste derrière moi. Il a dit, je ne comprends pas, il a dit vous ne prendrez pas de thé alors ? Je me suis soudain sentie fébrile, je le trouvais idiot et long à la détente. J'ai dit, non pas ce matin, je cherche juste mon amie, la jolie brune, très chic. Nous sommes venues chaque matin sur cette terrasse, depuis six jours. Vous ne pouvez pas l'avoir manquée, vous n'êtes pas du genre observateur, c'est incroyable. Il a redemandé si on voulait du thé et j'ai vraiment eu envie de lui coller sa théière dans le fondement. Ça a dû se voir à ma tête, car il a baissé la tête, gêné. Il a dit je ne vois pas de qui vous parlez, je suis désolé. Il a dit oui, vous venez tous les matins, vous restez sur la terrasse presque deux heures, à regarder l'océan, mais toujours seule. Des yeux j'ai cherché une théière, et je vous jure, Dorine, que s'il y en avait eu une à portée de main, j'aurais eu un geste malheureux. Il a dit non, franchement je ne vois pas. Et il nous a tourné le dos. Sidonie et Lara m'ont prise par les bras, doucement. Elles ont dit tu étais seule dans cette chambre, Mathilde. Rentrons maintenant.

Les Airelles, 2 décembre

Comme vous le savez, j'ai délaissé les carnets. C'était plus vraiment nécessaire, ça n'avait plus de sens. Et vous aviez raison ! Pour me débloquer, ça m'a débloquée. Ces derniers jours, j'ai pu à nouveau parler. L'écrit aura permis cette nouvelle diarrhée verbale lors de nos séances. C'est assez vertigineux de mettre des mots sur ce qu'il s'est passé, cette façon ou plutôt cette solution trouvée par mon cerveau pour gérer la détresse. Bouffée délirante si vous voulez, moi je pense que c'était plutôt la quête désespérée d'une issue de secours. On fait comme on peut, voilà tout. Pour ma part, la solution c'était Daphné, une version de moi flamboyante, celle que j'aurais peut-être été si Charly et moi avions fonctionné différemment dans l'enfance, ou celle que j'aurais pu devenir en me montrant plus courageuse. Je suis partie vivre chez Françoise quand ma mère m'a prévenue qu'un corps correspondant à celui de Charly avait été retrouvé dans une crevasse. Quand ça a été confirmé, que le corps a été rapatrié et les funérailles prévues, Daphné est venue me sauver. Elle est bancale, Daphné, elle a pas mal de défauts, mais elle est tombée à point. Elle a été là pour m'emmener loin de cet événement que je nie toujours. Je sais que ça vous énerve, Dorine, le fait que je parle encore de Daphné comme si elle existait, toutefois pour moi elle est réelle. Je ne la convie plus dans ma vie, c'est tout. Laissez-moi ce droit, le droit de penser ça, s'il vous plaît. Je sens que vous vous raidissez en lisant ces lignes. Promis, je prends mes cachets tous les jours. Considérez, s'il vous plaît que j'agrée le fait que Daphné ait été le fruit de mon imagination… Pour le reste je me débrouille.

Je sais que je vais bientôt sortir, ne me pleurez pas trop, on va se revoir, mais en ville, dans votre cabinet. Je ne suis pas encore prête à retourner à la pharmacie. Je dois reprendre mes marques à la maison, déjà. Une routine, ce n'est pas si mal. Et je suis bien entourée, Lara et Sidonie, mes parents, Ruben et ses potes, Simon bien sûr. Heureusement, il y a Simon.

Quelle étrange sensation d'écrire ici à nouveau. Cependant, une fois les abysses atteints, j'ai besoin de clore ce carnet et ce chapitre de ma vie. Maintenant que je reviens à la vie.

Vous avez su pour Véronique, cela va sans dire. Si j'avais imaginé une histoire pareille… Elle a bien caché son jeu, ma Véro. Découper son propriétaire quand même. Il paraît que c'est un chien qui a trouvé le corps. À ce que j'ai lu dans les journaux, elle se serait vengée, elle avait des raisons plus que valables de le débiter en morceaux. Forcément il ne sera pas là pour donner sa version, le propriétaire. Moi, ce que j'en dis, c'est que malgré tout c'est une belle personne, Véronique. Qui gagne à être connue, quoi qu'en pense la société. J'en dis aussi qu'avant de juger quelqu'un, de déclarer qu'on a le droit de penser ceci, mais surtout pas cela, il faut bien réfléchir. Qu'on est tous un peu fêlés, au fond, plus ou moins, bien sûr. En fonction de ce que la vie nous sert au menu, aussi. Comme dit Audiard, ça laisse passer la lumière.

Au fait pour les culottes, c'était tout sauf romanesque. Gérard a tout vu, c'était un type de l'entreprise d'entretien, juste glauque. Fin du mystère. Il s'est fait virer, il recommencera ailleurs. Sinon, Moustache sent toujours aussi mauvais de la bouche…

Revenons au sujet principal. Je ne regrette pas d'avoir été absente à l'enterrement. Charly c'est tout sauf un corps entre quatre planches. Je vous rappelle qu'il est taillé pour dominer les mondes, fendre en deux les montagnes. Pour mémoire, il est moulé dans l'évidence des géants, hein. Alors je vais vous dire une chose, Dorine, ce n'est certainement pas la mort qui entravera la route de mon frère. Ça me paraît évident. Oui, s'il n'y a rien qu'une certitude à avoir, c'est celle-ci. Pour moi il est en voyage, c'est tout. Laissez-moi ce droit aussi. Ça fait deux, c'est pas énorme. Et puis ça reste entre nous, je ne le crierai pas sur les toits, je le garderai pour moi.

Promis, juré, aux autres je ne dirai rien, je ferai bonne figure.

J'ai toujours su faire et je continuerai, parce que Charly veille sur moi. Je ne sais pas si Daphné est plus immortelle que moi, mais Charly, lui, c'est sûr. Oui, Charly est plus immortel que moi.

Voici le moment d'adresser de sincères remerciements...

Tout d'abord, il me semble juste et essentiel de remercier mes lecteurs fidèles, les nouveaux, les blogueurs et les libraires qui font vivre mes romans.

À celles et ceux croisés le temps de l'écriture et qui ont, sans le savoir, ajouté quelques grains à ce château de sable.

À mes adorables éditeurs, Julie et Arnaud, ainsi que l'équipe du Rocher.

À mes sœurs, Fabienne, Claire, Delphine et Sylvaine, qui comptent tant.

À mes frères Bruno et Christophe.

À mes parents, pour tout ce qu'ils ont toujours fait pour moi et pour les autres, dans tous les domaines.

À ma fille aînée, Margaux, qui, la toute première, a entendu parler de cette histoire, un jour, dans une voiture, et qui a répondu avec enthousiasme que ça allait être « grave bien ».

À mes premiers lecteurs, Julie, Luce, Tonie, Catherine, Camille et Raphaël pour leurs retours.

À Fanny pour ses conseils techniques, et ses précisions concernant le « terrain », pour les anecdotes touchantes livrées également.

Pour leur aide ces derniers temps, je voudrais remercier Cécile, Emmanuelle, Hélène et Jean-Pierre.

Merci à Florence, Jessica Cymerman, Franck RG et George Abitbol.

Mes amies sont omniprésentes et leurs avis comptent toujours beaucoup. À ce titre et pour bien d'autres choses (un record à battre, je vous le rappelle en passant) merci à mes spice cougirls Julie L, Julie B, Audrey et Carole.

Merci à ma sœur de cœur Marie Vareille, pour tout, tellement, tout le temps, et pour longtemps.

Merci à mes Bertitis, Cynthia Kafka, Serena Giuliano et Virginie Grimaldi, sœurs de cœur également, je vous aime si fort, merci pour ce fil de discussion sans queue ni tête qui dure depuis déjà un paquet d'années et qui nous éloigne, pour le moment, des Airelles.

Bien sûr à Mathilde, il s'agit de son roman, elle n'existe pas vraiment, mais elle est tout de même là, un peu tout cela et nous tous à la fois.

IMPRIM'VERT®

Achevé d'imprimer par CPI,
en mars 2021
N° d'imprimeur : 163366

Dépôt légal : mai 2021

Imprimé en France